les cosmonautes
ne font que passer

elitza gueorguieva

les cosmonautes
ne font que passer

roman

verticales

PREMIÈRE PARTIE

La conquête spéciale

Vous êtes devant une multitude de petits cailloux brillants de toutes les couleurs ne ressemblant à rien du tout, mais comme ta mère a l'air ému, tu comprends qu'on n'est pas là pour rigoler. Elle t'annonce que ça, c'est lui, c'est Iouri Gagarine et quand elle avait ton âge, il y a quelques siècles au moins, elle l'a personnellement vu planter des sapins, ici, dans l'allée de ce bâtiment : il s'agit de ta future école, et vous y êtes pour t'y inscrire, te dit ta mère en allumant sa dix-neuvième cigarette de la journée. Tu tournes la tête et tu constates que des enfants farouches de tout âge et de tout genre, collés à leur mère, d'énormes cartables sur le dos, marchent çà et là, dans l'immense cour d'école inondée par une lumière orange. Tu t'agrippes mécaniquement à ta mère et tu adoptes une expression menaçante au cas où quelqu'un oserait te regarder : tu ouvres grand tes narines, tu gonfles tes joues jusqu'à ce qu'elles deviennent complètement violettes, et tu remues tes oreilles dans le sens des aiguilles d'une montre. Ta mère poursuit ses explications, comme si de rien n'était : il est question à présent de la conquête spatiale. Tu n'es pas sûre de connaître ce dernier mot, et tu présumes qu'il s'agit de quelque chose de spécial, de glorieux, et de bien tout compte fait, et qui a un lien étroit avec la plantation des sapins mais comme tu ne sais pas encore lequel, tu préfères – afin d'éviter de te forger une représentation éloignée de la définition exacte du mot *spatial* – t'en tenir à ce que tes yeux voient à ce moment précis, c'est-à-dire une multitude de petits cailloux brillants de toutes les couleurs ne ressemblant à rien du tout.

Le malentendu se dissipe une heure plus tard lorsqu'une fois sortie de la cour tu te retournes et tu aperçois la même image de loin : la multitude de petits cailloux brillants de toutes les couleurs ne ressemblant à rien du tout est dotée d'une forme, et représente ce que ta mère appelle une mosaïque, un peu comme dans votre salle de bains mais pas exactement la même ; celle de la salle de bains ressemble à une omelette de particules vertes, grises, noires, sans prétention figurative – ici se joue autre chose : un homme, jeune, beau, bon et courageux, la bouche entrouverte, les yeux levés vers l'horizon, sur un fond entièrement noir, mais rouge et jaune aussi, au style fantastique dans l'ensemble mais réaliste dans les détails. En fait, c'est Iouri Gagarine en plein milieu d'une conquête spéciale. Tu voudrais t'arrêter et le contempler encore un peu, mais il est trop tard et ça suffit, te dit ta mère.

Le premier homme dans l'espace

Ton père n'est pas un manuel de cosmonautique, t'assure-t-il en mastiquant nerveusement un cure-dents. Tu comprends que ton enquête sur Iouri Gagarine, menée vigoureusement depuis quelques jours auprès de ton entourage, n'est pas prise au sérieux, et cela t'indigne au plus haut point. Tu décides de te venger et tu caches la boîte de cure-dents derrière le frigidaire, manœuvre surprise par ton père qui te demande de t'expliquer. Tu lui dis alors, tout en remettant la boîte de cure-dents à sa place, que tu aimerais aborder avec lui, afin de mieux décortiquer l'histoire de la conquête spéciale, quelques problématiques concrètes, à savoir :

a) C'est quoi ?
b) C'est où ?
c) Comment peut-on participer ?

Quelques jours plus tard tu es invitée à boire un verre de Coop-Cola dans le salon de ton grand-père communiste émérite. Il t'annonce que c'est dorénavant lui qui

t'aidera à mener ton investigation sur Iouri Gagarine
et tu es soulagée que ta demande soit enfin prise au
sérieux. Après quelques phrases d'ordre général il t'installe devant ce qu'il appelle, avec beaucoup de solennité,
un film soviétique.

L'image est en gris clair et en gris foncé, le son strident.
Des hommes courent en tous sens et crient dans une
langue inconnue mais déchiffrable – la langue russe, te
dit ton grand-père communiste émérite qui boit directement dans ton verre. Aussitôt quelque chose explose,
des immeubles énormes s'écroulent sur le sol sombre, et
au milieu du brouhaha, un homme au sourire radieux
fixe la caméra : c'est Iouri ! Sa tête est insérée dans une
boule transparente et lui-même dans une sphère en métal
avec un minuscule hublot – c'est un Vostok, te précise
ton grand-père communiste –, elle-même insérée dans
une fusée qui se propulse avec conviction. Поехали,
s'exclame Iouri – Allons-y, traduit ton grand-père qui a
décidé apparemment de commenter chaque plan – nous
laissant voir un peu ses amygdales à travers la boule. Tu
penses aux tiennes qui ont été enlevées récemment, et
sans anesthésie, ce qui a constitué la première épreuve
considérable de ta vie. Tu es rassurée que Iouri ait gardé
les siennes car il rencontre suffisamment de complica-
tions comme ça : lors de l'élévation, il a du mal à respirer
et on entend son cœur qui bat vite et fort. Une musique
militaire vient accentuer ce rythme. Ses veines gonflent,
et il est clair qu'il ne va pas très bien, mais naturellement

de bonne humeur, il continue de faire des blagues qui amusent beaucoup les gens agités sur Terre et ton grand-père à côté de toi, secoué d'un rire excessif que tu ne lui connaissais pas. Iouri ne perd pas le moral ni l'aptitude à la communication, et encore moins le sens du devoir envers la Patrie, te dit ton grand-père communiste émérite et tu te demandes si tu pourras récupérer ton verre de Coop-Cola avant qu'il le finisse. Iouri transmet des données et des chiffres énigmatiques, et plus tard il conclut que la Terre est, en fait, orange – ce que tu suspectes depuis toujours – au moment même où la caméra montre ce qui ressemble à un rond en carton éclairé par une lampe de chevet et filmé à travers un petit trou. Ha ha! s'extasie ton grand-père en cherchant en toi un signe d'approbation, mais tu ne saisis pas encore les enjeux de l'action.

L'écran s'éteint progressivement et se rallume à l'instant pour faire apparaître un nouveau décor, un paysage uni, une forêt de sapins inondée par une lumière orange, ce qui paraît cohérent d'un point de vue factuel. Doucement la musique devient lyrique. Une femme se promène dans un bois, elle a l'air de s'ennuyer. Elle récite un poème à voix basse et ce murmure fusionne avec le vrombissement des mouches, les craquements de branches sèches sous ses pas et la musique de moins en moins lyrique qui se met à décroître hostilement. Un son brutal retentit et met fin à la cacophonie, la femme se retourne. Une chose bizarre est soudain là, au-dessus de sa tête, suspendue comme si de rien n'était, sans rapport avec les sapins autour : Iouri, vivant, la tête toujours dans la boule, se débat gauchement contre la nature pointue du sapin qui finit par ployer et le laisser pénétrer parmi ses branches pour l'éjecter finalement dans la rivière. En arrière-plan, on aperçoit le Vostok tout brillant, comme s'il sortait à peine du parking. Iouri émerge de la rivière et, au bout de quelques pas, se trouve nez à nez avec le seul spectateur de sa chute spéciale, la jeune femme qui paraît maintenant moins s'ennuyer qu'au début de la scène. Je suis des vôtres, un Soviétique, dit Iouri Gagarine pour briser la glace entre elle et lui, mais l'intimité est vite interrompue par une invasion d'hommes heureux qui clament en chœur : c'est lui, c'est Iouri Gagarine, c'est notre héros ! Rires, joie, musique de fin et fin.

Ton grand-père communiste émérite s'est endormi et émet des bruits semblables à ceux du Vostok du film. À ce moment-là, tout prend sens pour toi : Iouri Gagarine est un héros, et tu attends avec impatience que ton grand-père se réveille pour lui annoncer.

Ton destin héroïque individuel

Si un jour tu te perds dans la forêt, il faut continuer à avancer, il faut marcher tout droit et tu finiras par trouver ta route, hurle ton grand-père communiste, qui, pris d'une ardeur démesurée à la suite du film soviétique, se met à te raconter sa jeunesse – période intense où il affrontait dans les bois le fascisme et d'autres problèmes. Une fois la guerre terminée, il a pu poursuivre sa formation et s'élever au poste de machiniste, pour apprendre à conduire :

a) un train,
b) puis un avion,
c) enfin un Vostok,

rêve ultime, te dit-il d'une voix tremblotante sous le coup de l'émotion. Mais il s'en est tenu aux trains car la suite lui a paru trop vertigineuse, et il a préféré rester sur Terre avec sa famille, qui lui réclamait déjà beaucoup d'héroïsme au quotidien. Maintenant c'est officiel : le rêve de ton grand-père communiste émérite a échoué.

Il se dégonfle dans un soupir interminable et toute la pièce se remplit de mélancolie : tu décides qu'il est temps de rentrer.

Sur le chemin du retour, le soupir de ton grand-père communiste nostalgique continue de résonner dans tes oreilles comme un souffle qui remue les sapins du film soviétique ou comme les vagues de la mer Rouge en pleine tempête. Tu as l'envie d'accomplir son rêve, à sa place, malgré le retard, bien que tu n'aies aucune idée de comment t'y prendre. Tu lèves le regard – ta balade pensive t'a menée sur le terrain de jeux derrière ton immeuble, droit devant la fusée en métal rouillé. Tu lui tournes autour, plusieurs dizaines de fois, jusqu'à entrer en transe, et c'est dans cet état mouvementé que tu prends une décision existentielle : tu vas devenir Iouri Gagarine et adhérer à la conquête spéciale, car ta famille n'a pas vraiment besoin de toi sur Terre, et par conséquent rendre ton grand-père communiste émérite enfin heureux. Tu es consciente des épreuves qu'il te faudra affronter. Que tu dois être courageuse. Qu'il faut bien commencer quelque part : une pensée et demie plus tard tu es sur le sommet de la fusée en train de hurler поехали suffisamment fort pour faire sortir ta mère sur le balcon, au-dessus de ton vol. Il y a du vent, mais l'expression défavorable de son visage et ses gestes un peu trop répétitifs te font comprendre que tu devrais rentrer, tout de suite. Tandis que l'ascenseur te propulse vers votre palier, tu réfléchis au rôle des familles dans l'accomplissement des destins héroïques individuels: tu estimes qu'il est préférable de garder secrète ta nouvelle mission, au cas où, et de ne la révéler à ton entourage que lorsqu'elle aura définitivement réussi.

Les disciplines du corps

Chers camarades, dit une dame vêtue d'une jupe qui te paraît immense, parsemée de diverses fleurs des champs, il y a des moments dans la vie que l'on n'oubliera jamais, dit la dame du haut du podium installé dans la cour de l'école, aujourd'hui est l'un de ces jours : c'est le premier jour de votre scolarité, dit-elle en éclaircissant sa voix dans le micro – son perçant qui fâche un peu ta mère. Dès aujourd'hui, vous, jeunes camarades, allez mettre votre être à l'épreuve, pour servir votre douce mère, la Patrie! dit la dame à la jupe immense parsemée de diverses fleurs des champs, et comme tout le monde le sait : les fils et les filles du peuple sont les futurs créateurs de nos avenirs communistes! dit-elle puis elle se tait, pour mieux faire ressortir le silence du collectif. Je suis très heureuse de vous accueillir dans votre future école, dit la dame qui est aussi la directrice, celle-là même qui a accueilli jadis notre cher camarade soviétique, le cosmonaute Iouri Gagarine, le premier homme envoyé dans l'espace, dit la dame qu'il faut en fait appeler la camarade directrice. C'est ici, devant cette mosaïque, que tu contemples avec beaucoup plus de respect cette fois, et autour du sapin qu'il nous a fait l'honneur de planter lors de sa visite, dit la camarade directrice dont la voix se met à trembler, que vous pratiquerez vos exercices physiques, gymnastiques, acrobatiques et autres disciplines du corps, car comme le dit notre secrétaire général du comité central du Parti communiste bulgare et président du conseil de l'État de la République populaire de Bulgarie, le camarade Todor Jivkov : un corps fort donne un esprit fort, dit la camarade directrice en rajustant sa jupe, la fleur des champs imprimée devant étant remontée de cinq centimètres sous le coup de l'émotion.

Tu te tournes vers le sapin et tu l'examines : sa majesté t'aspire comme un vortex, ou comme un aspirateur, ou comme un aimant, mais plus grand que celui sur votre frigidaire. Un rayon de soleil te cajole à travers le sommet de l'arbre. La voix de la camarade résonne dans ta tête, mais tu n'arrives plus à suivre les mots et de toute façon tu n'es pas sûre de saisir où elle veut en venir. Tu préfères compter les aiguilles du sapin, et tu t'aperçois que c'est nettement plus agréable que de se concentrer sur le discours. Après plusieurs tentatives, le compte est bon : dix-sept aiguilles. Tu te demandes comment Iouri a pu planter un si énorme sapin et s'il l'a fait directement depuis le Vostok, et comment cette action participe à la conquête spéciale. Ces réflexions complexes sont interrompues par un petit incident insolite : tu croises le regard d'une tête couleur oignon qui te tire la langue puis la range comme si de rien n'était. Sidérée, tu tires la manche de ta mère qui n'a pas l'air de suivre le discours non plus, mais fait très bien semblant. Le pire n'est qu'à venir. Une fois le spectacle terminé, ta mère te pousse vers la même tête antipathique et te présente avec beaucoup de bonne volonté ta nouvelle camarade de classe: Constantza. C'est formidable, te dit ta mère coquine, vous avez toutes les deux sept ans, vous avez choisi les mêmes matières à l'école, et vous vivez dans la même rue, dit ta mère en soufflant de la fumée avec enthousiasme. Cela tombe bien, vous pourrez rentrer ensemble après les cours pendant les sept ans à venir, te dit ta mère exaltée. Tu reluques Constantza qui continue de te faire des grimaces avec sa langue, et tu te demandes si ta mère n'a pas deviné l'existence de ta mission secrète et s'il ne s'agit pas d'une punition. Dans l'attente de trouver la réponse, tu adoptes de nouveau ta posture effroyable – ouvrir tes narines, gonfler tes joues et bouger tes oreilles dans le sens des aiguilles d'une montre – et, ainsi parée de ton masque de combat, tu affrontes le premier retour d'école avec Constantza.

Le vrai et le faux

Ton grand-père est communiste. Un vrai, te dit-on plusieurs fois et tu comprends qu'il y en a aussi des faux. C'est comme avec les Barbie et les baskets Nike, qu'on peut trouver en vrai uniquement si on possède des relations de très haut niveau. Les tiennes sont fausses, ce qui est préférable au fond, car aucun des grands enfants hostiles ne veut te les enlever. Les Barbie, tu t'en fous, sauf que Constantza en a une vraie et ça te rend un peu furieuse.

Constantza est une fille scintillante. Elle porte une robe couverte de trous faits exprès et qui scintille à chaque mouvement. Des voiles transparents rendent cette robe complexe, elle a une forme originale et des couleurs qui changent selon la météo. De ton côté, il n'y a rien à signaler, sauf une piqûre de guêpe qui te donne un aspect asymétrique et peu souhaitable. Constantza a un autre grand avantage : elle a une mère en Grèce alors que la tienne reste à la maison. De ce fait découlent quelques autres, de plus en plus déplaisants :

a) elle peut voyager à l'étranger,
b) elle a un éléphant doré et surtout
c) une vraie Barbie.

Parfois tu la détestes, volontairement. Quoi qu'elle fasse, Constantza est toujours la meilleure : elle court plus vite que toi, gagne le championnat de gymnastique rythmique alors que tu n'es même pas dans le classement, et glisse avec beaucoup d'efficacité sur ses patins à glace pendant que tu enchaînes des chutes libres et peu gracieuses. Une chose te rassure dans ces moments de tristes constats : à l'âge de sept ans, elle ne sait pas compter au-delà de mille et en plus elle n'a aucun idéal précis ni aucune vocation noble comme toi. Iouri Gagarine, elle s'en fout, elle se contente de jouer avec sa vraie Barbie et son faux grand-père qui n'est même pas communiste.

Distribution des rôles

Décidément, tout t'est interdit en ce moment. Grimper sur des arbres, se balancer trop haut, sauter d'un tremplin ne sont pas des activités de petite fille, te dit ta mère en allumant sa première cigarette de la journée, et tu comprends que l'élévation spatiale, comme tout ce qui est glorieux en général, est réservée aux garçons. Il y a comme une distribution des tâches : tous les garçons que tu connais, ou dont on te parle, camarades, voisins, cousins veulent devenir des cosmonautes un jour, c'est une évidence, cela va de soi et ce serait étrange, voire extravagant que cela soit autrement. Ils collent sur leurs murs des affiches avec le visage souriant de Iouri, des images de soucoupes volantes et d'autres objets non identifiés par toi, et soupirent avec émoi lorsque à la télévision on montre des images d'archives du premier vol spatial. Ils sont obsédés. Ils s'amusent à former des galaxies et d'autres complots dans la cour de récréation, et s'exercent au vol partout où ça leur chante, en escaladant librement les branches du sapin de Iouri ou ton banc, que tu es obligée désormais de partager avec Constantza.

Les filles ont des objectifs professionnels plus imprécis et franchement dépourvus d'originalité. Dans le flou général des réponses, trois propositions reviennent le plus souvent : infirmières, ballerines, ou pareil que maman. Comme les deux premières te paraissent peu enviables, tu préfères t'en tenir à la troisième, valeur plus sûre mais dont tu regrettes un peu l'évidente absence d'héroïsme : ta mère travaille à la radio, objet inutile, car toujours éteint. Tu te demandes si un autre scénario serait envisageable, qui conviendrait mieux à tes conceptions de l'avenir et du monde en général.

Tes observations se poursuivent pendant les longs après-midi à la campagne où vous visitez la grande famille paternelle : là-bas tu es amenée à échanger avec ton grand cousin Andreï. Assise sagement à côté de ta mère, comme cela t'a été suggéré, tu l'observes se rouler dans la boue, sauter telle une bille, ou se jeter sur la poitrine de la terre et des brins de ce qui ressemble à de petits trèfles, en rugissant Андрей avec persuasion. Là où ta mère aurait perdu ses amygdales et où sa gorge se serait transformée en un volcan éruptif, ta tante lâche simplement un soupir de satisfaction. Elle pointe du doigt la tenue salie de son fils et vous confie qu'elle commence à s'habituer à la lessive tous les jours – occasion pour elle de se vanter de la nouvelle machine à laver que son mari lui a apportée, non sans user de relations, directement de Pologne. Mais avant qu'elle puisse finir sa phrase, Andreï est déjà sur le noyer, que de parasol il change en bombardier : sa mère salue son tempérament vif et courageux, hérité de son père, entraîneur de lutte et éclaireur dans l'armée, tempérament qui lui a valu la place de chef de bataillon, dit-elle, et elle lui lance un regard plein de volupté. Tu n'es pas sûre de comprendre cette dernière fonction mais tu imagines qu'il s'agit encore de quelque chose de difficile d'accès dans ta condition : les filles ont-elles le droit d'être chef de bataillon ? Tu profites d'un court moment où ton cousin a daigné descendre parmi vous pour te renseigner sur ces questions. Il n'a pas l'air de te prendre au sérieux et puis il est déjà occupé à un nouvel exploit – casser un muret dans le jardin, érigé spécialement dans ce but, confirme ta tante émerveillée. Il est temps d'agir à ton tour.

Tu décides de dévoiler tes cartes : lui exposer ta mission secrète, pour te faire remarquer et pour obtenir un conseil car tu sais qu'il te comprendra. Tu ne pourras jamais être Iouri Gagarine parce que tu es une pisseuse, te dit ton grand cousin Andreï qui est maintenant accroché d'une seule main à l'immense branche du noyer et se balance, en te rentrant dans les côtes à chaque mouvement. Quant à devenir chef de bataillon, te dit ton cousin athlétique, il faudrait d'abord obtenir le titre de chavdar, de septembrien, intégrer une komanda de Тимур, et enfin devenir pionnier, chemin complexe que tu es trop conne pour comprendre, te dit ton grand cousin Andreï en faisant un salto. Un tonnerre éclate. Tu es révoltée par un tel traitement et tu sens un geyser remonter dans ton corps pour apparaître sous forme de larmes que tu ne veux en aucun cas montrer à ce moment précis. Tu fermes les yeux, tu serres les dents et tu plonges dans un silence qui dure quelques siècles, au moins, à la suite de quoi ton visage vire en une teinte légèrement violacée. Les émotions commencent à affluer et tu décides d'exécuter un coup spectaculaire et affligeant, afin d'abasourdir l'ennemi avant qu'il ne s'aperçoive de ton état sentimental. Tu attrapes à bras-le-corps une dalle à côté du muret brisé et tu la jettes sur les jonquilles que ta tante semble avoir cultivées avec beaucoup de soin. Cette action aura un double effet :

a) d'une part négatif : tu es invitée à rentrer immédia- tement dans la maison et à manger en entier un plat inconnu, composé de petits pois et d'autres ingrédients sans goût trempés dans une sauce trans- parente, et à écouter un discours d'une longueur démesurée sur l'importance de la discipline dans la vie d'une jeune personne, caractéristique qui est pour l'instant absente de ton comportement, te dit ta mère en allumant sa trente-quatrième cigarette de la journée ;

b) d'autre part positif : ton grand cousin Andreï, chef de bataillon, t'adresse enfin un regard, et au moment du départ, glisse dans ton sac un livre sur lequel est écrit ceci :

СЕПТЕМВРИЙЧЕ
Manuel pour les jeunes septembriens

Chez toi, tu te plonges dans la lecture de cet étrange outil de réussite en te demandant si on peut encore devenir septembrien, en plein mois d'octobre. Je suis fière de ma Patrie, Une terre de héros, Action vieux fer, Le travail collectif: les titres sont les seuls mots que tu es capable de lire à ce stade de la vie et cela ne t'avance pas beaucoup. Ta mère tire, pensive, sur sa vingtième cigarette de la soirée sans bien saisir cette démonstration inopinée de bonne conduite. Après hésitation, elle s'assoit à tes côtés. Tu la regardes te prendre le livre des mains et le feuilleter avec une expression de dégoût, comme quand elle croque dans un gâteau trop gras ou à la vision d'un œillet rouge. Elle s'arrête sur le portrait du secrétaire général du comité central du Parti communiste bulgare et président du conseil de l'État de la République populaire de Bulgarie, le camarade Todor Jivkov, que tu avoues trouver assez vilain avec son crâne chauve, ses yeux gris et saillants, et son nez qui lui couvre la moitié du visage. Il ne faut pas dire des mots pareils, crie ta mère, et soudain paniquée, pâle, choquée, bruyante, haletante, elle court vers la salle de bains où elle laisse longtemps l'eau couler dans le lavabo, dans la baignoire et dans le bidet simultanément, rituel mystique que tu aimerais un jour pouvoir déchiffrer. Puis elle revient, en laissant l'eau couler et tu as l'impression d'être transportée au pied des chutes du Niagara où ton oncle a émigré – fait qu'il ne faut jamais mentionner à haute voix non plus. Tu ne soupçonnais pas ta mère de porter tant d'affection à Todor Jivkov et tu la rassures immédiatement : ce n'est qu'une première impression, à cause de ses lunettes trop grosses et de son expression un peu ahurie. Nous voilà devenus dissidents, dit ta mère, et elle te met la main sur la bouche. L'air absent, elle soupire longuement dans la pièce, la remplissant à nouveau de mélancolie. Deux cigarettes plus tard elle se reprend et se lance dans la lecture à haute voix du protocole des septembriens que sa voix douce rend plus magique, et donc acceptable.

Astuces pour devenir invisible

Maintenant c'est officiel : Constantza est ta voisine, ta camarade de classe et donc ta meilleure amie, car de toute façon tu n'en as aucune autre, alors il faut s'y adapter. Tu sens que vous ne partagez pas le même système de valeurs : d'une part elle te paraît prétentieuse avec ses habits brillants et un peu effrayante avec son immense langue qu'elle tire à chaque fois qu'elle te voit. Tu es dubitative : après six ans d'attente, ce n'est pas tout à fait ce que tu avais espéré. Tu es d'autant plus irritée d'apprendre qu'elle vient de recevoir un colis de Grèce contenant une vraie maison de Barbie, entièrement meublée selon des critères occidentaux et donc inconnus. Pourtant au lieu de jouer avec, elle te poursuit sans cesse dès que tu sors de chez toi, et essaye de se joindre à tes jeux ordinaires. Cela ne fait qu'augmenter ta méfiance et tu inventes plusieurs solutions pour l'éviter :

a) devenir invisible grâce à l'immense doudoune effi-
   lochée que tu as empruntée à ta mère sans lui dire ;
b) te cacher derrière les vieux rideaux en velours qui

sont tellement poussiéreux que personne n'ose les
regarder ;
c) t'habiller tout en gris en espérant te fondre dans la
vue d'ensemble.

Un jour, tu t'efforces d'esquiver le retour avec elle : tu ranges discrètement tes affaires pendant un interminable discours de la dame à la jupe immense parsemée de diverses fleurs des champs, et tu guettes la sonnette de fin de cours comme une athlète guette le top départ lors des jeux Olympiques, ou comme le chat de ta voisine l'apparition nocturne de cafards dans le lavabo. Mais au bout de quelques jours Constantza commence à voir clair dans ton jeu et s'organise aussi pour partir en courant. Elle a même mis une paire de vraies Nike afin d'améliorer la performance de sa propulsion, au risque de briser la cohérence vestimentaire de sa tenue. Tu t'engages dans l'escalier de secours que tu as exploré, au cas où, à la pause de midi. Constantza est totalement déstabilisée sur ce terrain mais retrouve ses repères au bout de quelques virages. Tu prends alors un couloir inconnu qui conduit à une porte que tu pousses et refermes derrière toi. Au-dessus de ta tête est écrit en lettres dorées LE PETIT MUSÉE DU COSMONAUTE. Tu t'avances dans l'espace sombre et humide, sans savoir si tu en as le droit : divers objets inexplicables sont flanqués derrière des vitrines plus vraiment transparentes. Des affiches jaunies représentent différents moments de la vie de Iouri Gagarine qui est de bonne humeur sur toutes les photos. D'autres hommes apparaissent, eux aussi enfermés dans des boules, et au fur et à mesure il devient assez clair que Iouri n'est pas le seul cosmonaute dans l'espace. La révélation est fulgurante. Tu lis et relis avec acharnement les noms des cosmonautes dont deux te coupent le souffle sur-le-champ : Gueorgui Ivanov qui est bulgare et Valentina Terechkova qui est une femme. Un manuel raconte leurs carrières, et tu apprends que souvent les cosmonautes sont d'abord parachutistes et que c'est justement grâce à cela qu'ils ont été recrutés au départ. À partir de ce jour, tu tenteras tout pour devenir comme eux, une parachutiste, tu apprendras à être de bonne humeur et à avoir des airs nobles. Tu réussiras ton projet. Après avoir épuisé le lieu, tu émerges de ta cachette et découvres, un peu interloquée, que Constantza est partie sans toi.

S'habituer à l'apesanteur

Pour apprendre à sauter en parachute, il est préférable de s'en procurer un. C'est comme avec tout, les jeux de construction, les puzzles, les tours de magie ou les pingouins téléguidés : il faut avoir les outils appropriés pour réussir sa tâche. Après réflexion, tu commandes au Père Gel un parachute pour le nouvel an car tu juges avoir été suffisamment sage et que c'est un cadeau tout à fait à la hauteur de tes actes. Pour être entièrement honnête, tu dévoiles ta mission secrète au Père Gel, car il doit tout savoir, te dit ta mère.

Comme un oiseau ou comme sa plume ou comme la feuille des carnets à petits carreaux qu'on a récemment mis en circulation dans l'épicerie Soleil en bas de chez vous, tu aspires à être légère, à apprendre à flotter, à sauter d'un trampoline ou d'un plongeoir ou du cinquième étage de ton appartement, si tu obtiens le cadeau espéré. À sept ans tu n'as peur de rien, tu adores les hauteurs et apprécies les sauts de trois mètres à la piscine Le Drapeau rouge où ta mère t'emmène deux fois par semaine. Tout est réuni pour repousser tes limites et mener un véritable combat contre l'attraction terrestre. Tu as vu dans le petit musée du Cosmonaute les entraînements divers que la science a mis en place pour permettre aux cosmonautes de s'habituer à l'apesanteur : de la piscine au fond de laquelle divers simulateurs sont installés, au Boeing 717 qui monte à dix mille mètres d'altitude pour éjecter les candidats en chute libre pendant vingt-cinq secondes. Tu évalues tes capacités à mettre en œuvre ce dernier entraînement : il serait plus cohérent de commencer par la piscine, tout compte fait. Là encore l'opération ne risque pas d'être simple : ta mère t'apprend, au détour d'une phrase, que Constantza s'y est inscrite aussi.

Maintenant c'est officiel : Constantza est ta meilleure amie par défaut, ta voisine et ta camarade de classe, mais surtout, ta concurrente principale dans la vie. La compétition s'est établie entre vous et tu sens dès le début qu'elle ne sera que très rarement à ton avantage. Dans l'énorme espace de la piscine, Constantza avance bruyamment avec ses claquettes couvertes de petits cailloux de toutes les couleurs, qu'elle balance d'un seul jet pour disparaître dans l'eau, après un saut plein de finesse. Avec un souci de finesse moindre, tu fais de même, et une fois dans les profondeurs tu constates ta défaite : Constantza nage plus vite que toi, naturellement, bien que ça soit son premier cours. Tu la regardes avec fureur à travers tes lunettes pendant qu'elle te double avec aisance, en perçant d'un mouvement de brasse les bulles qui sortent de tes oreilles.

Mais tu ne te laisses pas faire, tu t'accroches à tes exercices de cosmonaute, simulateur d'apesanteur ou pas. Tu sais qu'un jour tu y arriveras et tu te plais à imaginer son visage stupéfait, mais aussi plein de jalousie primaire, de profond repentir, enfin d'admiration éternelle, lorsqu'elle te verra virevolter dans les airs en parachute, et un sapin sous le bras.

Pour te remonter le moral, ton grand-père communiste émérite t'emmène dans le quartier Jeunesse voir le *vrai* musée du Cosmonaute. En effet là-bas tout est authentique ou vraisemblable : un caillou de la lune rapporté par vos grands frères soviétiques, de la purée en poudre pour cosmonautes produite à Jambol, ville lointaine probablement bulgare, des consignes pour sauver un cosmonaute en détresse, illustrées avec des photos et incarnées par des mannequins qui tous ont la tête de Iouri, une reproduction de Vostok en polyéthylène (mais dans ses vraies dimensions), le vrai pull de Valentina Terechkova et l'intégralité du maillot de Gueorgui Ivanov, les lunettes de soleil de Svetlana Savitskaya – nouvelle héroïne, jeune et sympathique, te dit ton grand-père communiste émérite qui est très content de cette journée. Svetlana, qui porte le même prénom que ta mère et que la fille de Staline, précise ton grand-père communiste, assez fort dans ton oreille, s'est envolée en 1982, l'année même de ta naissance. Tu regardes Svetlana et tu sens qu'il y a dans sa personne quelque chose de glorieux, de fort, de beau, de différent, et tu rêves de la rencontrer et de la questionner sur le phénomène des sapins, sur les parachutes et les autres attributs nécessaires à une carrière héroïque. Tu es définitivement fascinée d'apprendre qu'elle est la première femme au monde à avoir réalisé une sortie dans l'espace, à avoir quitté son habitacle spatial et, seule et libre, à avoir volé. Dorénavant ta mission secrète comporte une nouvelle étape : te procurer un scaphandre.

Une boule de poils puante

Ta mère n'est pas un magasin de cosmonautique, t'assure-t-elle en se servant un verre de mousse amère. Tu comprends que l'affaire du scaphandre n'a pas été prise au sérieux et cela te rend un peu enragée. Tu décides de te venger et tu vides le reste de la bouteille dans le pot de ficus, geste remarqué par ta mère qui te demande de t'expliquer. Tu lui exposes alors ta vision de la vie, dans l'ensemble assez injuste, et pour appuyer cette thèse tu lui fais un petit bilan de la situation :

a) Constantza a un éléphant doré,
b) une maison de vraies Barbie,
c) une mère en Grèce,

à la différence de toi qui :

a) n'as pas de scaphandre,
b) n'as pas de parachute,
c) n'as pas de Vostok,

outils essentiels à la conduite d'un projet dont tu ne peux pas parler, expliques-tu à ta mère tout en lui restituant la bouteille vide.

Quelques jours après, ta grand-mère débarque chez vous à l'improviste, quoique tes parents n'aient pas l'air surpris. Elle te tend, sans te demander ton avis, une boule de poils puante qui tremble puis vomit à même le tapis de Tchépélaré, hérité de plusieurs générations et donc fierté familiale. Là où ta mère aurait perdu ses amygdales et où ton père se serait évanoui si tu avais été à l'origine de l'attentat, on se contente de faire un commentaire plein de tendresse et franchement déplacé, puis d'oser toucher et même caresser la boule puante. C'est plus vivant qu'un éléphant doré, c'est un vrai être, te dit ta grand-mère en montrant ses fausses dents dans un sourire figé. Tu te remémores le manuel de biologie pour essayer de trouver une définition à la chose sauvage devant toi, mais hélas aucune image n'y correspond. C'est un chien et il est à toi, te dit ton père lorsqu'il devine ton désarroi. En plus tu dois lui inventer un nom, de préférence avec la lettre *r* pour qu'il la retienne plus vite. Tu es lassée par cette nouvelle punition et tu décides de t'en débarrasser dès que possible dans un placard connu pour ses difficultés d'accès, et qu'on n'en parle plus.

C'est là que, devinant ton intention, la chose cesse brusquement de vomir et te jette un regard bouleversant qui brise d'un coup tes projets. Soudain l'euphorie te saisit. Tu réalises enfin ce qui est en train d'arriver: on t'offre un chien, bien qu'il ressemble plutôt à un cochon poilu et jaune comme les cheveux de Constantza, rêve suprême que tu avais oublié à cause des élans spatiaux de ces derniers temps. Ton père t'assure que le chien va bientôt grandir et acquérir une forme plus convenable et que tu pourras fièrement le promener deux fois par jour dans le quartier. Après un long remue-méninges auquel toute la famille proche et lointaine est convoquée par téléphone, tu choisis son nom : Joki, même s'il ne comporte pas de *r*, raison pour laquelle, sans doute, il refusera toujours de le retenir, ainsi que d'obéir en général à tes ordres. Et si tu devines dès maintenant le sale caractère qui se niche derrière les moustaches mouillées, tu sais aussi qu'il est trop tard : tu l'aimes plus que tout au monde. Toutefois tu ne comptes pas laisser ces émotions déstabiliser le cours de ta mission et tu renvoies une lettre au Père Gel pour le persuader que Joki n'est pas un scaphandre et que ce n'est pas avec lui que tu atteindras la stratosphère. Tu es sûre que le Père Gel se montrera compréhensif et saura arranger les choses.

Iouri Gagarine n'est pas
une cantatrice d'opéra

Ta mère est furieuse et ses deux yeux ne forment plus qu'un seul rayon X qui te scanne de la tête aux pieds. Tu ne peux pas devenir Iouri Gagarine car il est :

   a) un homme,
   b) soviétique,
   c) toujours souriant, discipliné et opérationnel,

contrairement à toi qui es :

   a) une fille,
   b) bulgare,
   c) dont la seule préoccupation est de faire des bêtises,

te dit ta mère, en reprenant ta méthode d'énumération des phénomènes de la vie qui t'aide à mieux la concevoir. D'une part cette idée est totalement à côté de la plaque, et d'autre part la question de ton futur métier ne se discute plus depuis que la voyante Vanga, phénomène national paranormal et référence sûre, a prédit pour toi une carrière brillante de cantatrice d'opéra, ce dont toute la famille est d'ores et déjà très fière, te dit-elle en jetant dans la poubelle un briquet qui ne fonctionne plus. Pour engendrer rapidement dans ton esprit un vif intérêt pour la musique, ta mère te met un manuel de solfège dans les mains.

Maintenant c'est officiel : elle connaît l'objectif de ta mission spéciale. Tu te demandes d'où vient la fuite – ton grand cousin Andreï chef de bataillon est hors de tout soupçon, car il est en école prémilitaire depuis un mois, mais avec la famille, on ne sait jamais. Il est aussi possible qu'il s'agisse d'un complot international et tu es de plus en plus convaincue par cette dernière hypothèse : le traître est le Père Gel en personne. Tu ranges le manuel dans le placard connu pour ses difficultés d'accès, et tu souris comme si de rien n'était à ta mère, qui se détend enfin. À présent il te faut trouver des alliés pour affronter cet agencement d'obstacles nouveaux : tu décides de sensibiliser à l'entraînement de cosmonaute ton chien Joki qui est en train de te lécher l'orteil gauche. Tu installes immédiatement un simulateur d'apesanteur en remplissant d'eau la baignoire. La vitesse de propulsion de ton chien Joki pour disparaître sous le lit te fait comprendre que tu ne t'y prends pas comme il le faudrait.

Constantza est une immense oreille

On t'invente une nouvelle torture : passer quelques nuits avec Constantza, sous prétexte que sa mère l'a laissée chez vous avant de partir en Grèce. Heureusement la journée vous êtes à l'école et tu peux facilement l'ignorer en empilant sur le banc entre vous deux un tas de manuels et le ficus du fond de la salle, que personne ne remarque autrement. Le soir, tu es encore chanceuse : le secrétaire général du comité central du Parti communiste bulgare et président du conseil de l'État de la République populaire de Bulgarie, le camarade Todor Jivkov, a instauré des mesures d'économies électriques pendant quelques mois. Vous restez deux heures entières dans le noir car tu n'arrives jamais à retrouver les bougies que ta mère te laisse pourtant sous la main, juste avant la coupure. C'est là que Constantza teste ta ténacité et déploie contre toi une ruse implacable : elle se met à te raconter sa vie.

Les deux premières soirées sont douloureuses. Elle parvient, dans une abondance stridente mais mélodique, à évoquer son passé cruel, son père disparu avec une jeune femme, sa mère qui ne fait que s'en aller elle aussi chez les Grecs, l'abandon, l'isolement. Oui, les avantages sont incontestables, les Barbie, les éléphants dorés, elle te l'accorde, mais aucun jouet ne peut racheter sa solitude, te dit-elle et elle fait éclore une larme qui scintille dans l'obscurité. Tu ne dis rien, mais tu sens bien que dans ta lutte avec la compassion tu commences à perdre pied.

C'est au cours de la troisième soirée sans électricité que tu seras définitivement vaincue. Tu observes Constantza qui est en train de jouer avec ta collection de petites Lada, de plus en plus épanouie. Cette fois une bougie éclaire vaguement sa silhouette et la métamorphose en animal exotique. Tu te demandes dans quelle mesure elle pourrait te servir d'alliée contre tes parents qui montent des partenariats pour t'empêcher de devenir Iouri Gagarine. Afin de tester sa sensibilité à la conquête spéciale tu lui en fais un exposé concis et elle se montre plutôt réceptive. Tu finis par dévoiler ton jeu. Tu lui parles de ton grand-père communiste et de son rêve de jeune machiniste. Tu lui parles de Valentina Terechkova. Tu lui parles du scaphandre. Tu marques un silence pendant lequel tu la fusilles dans le noir avec tes deux yeux, puis tu reprends : tu lui parles du musée du Cosmonaute ; tu promets de lui faire une démonstration spatiale sous l'eau, la prochaine fois que vous vous rendrez au Drapeau rouge. Constantza écoute sans rien dire : elle n'est plus qu'une immense oreille qui ondule de temps à autre comme une toile d'araignée. Le silence qui s'ensuit te perturbe : et si tu t'étais trop exposée ? Constantza flaire ce trouble et te jure de ne rien dire à personne. Elle effectue même un rituel original que la voyante grecque de sa mère lui a montré : tourner trois fois autour de toi, se baisser jusqu'au sol et crier *tzatziki tsouréki tarama tarama*, des mots énigmatiques qui signifient selon elle *promesse de garder le secret*.

L'Art peut être subversif

Tes parents s'enferment dans la salle de bains de plus en plus souvent pour se raconter des blagues. Tu n'entends pas tout car ils laissent couler l'eau du lavabo, de la douche et du bidet simultanément. Toutefois tu arrives à percevoir quelques détails peu flatteurs à propos du secrétaire général du comité central du Parti communiste bulgare et président du conseil de l'État de la République populaire de Bulgarie, le camarade Todor Jivkov, que tu croyais pourtant héros de la guerre contre le fascisme et surtout, idole de ta mère. Puis ils baissent la voix pour continuer la conversation, qui se noie dans les chutes d'eau : cela te frustre au point de te rendre furieuse. Tu es sûre qu'ils complotent contre ta mission spéciale et tu décides de ne pas te laisser abattre. Un pot de yaourt, une boîte d'œufs – de ceux que ta grand-mère avait rapportés avec beaucoup d'amour directement de son village – et les lunettes de ton père, qui de toute façon lui vont très mal, sont utilisés pour bâtir une sculpture monumentale, symbole de ta profonde désapprobation des manœuvres intentées envers toi. Tu es consciente que cette fois tu

risques gros, d'autant que ton œuvre subversive est bâtie
à même le tapis de Tchépélaré, hérité de plusieurs générations et donc fierté familiale.

Une heure et demie plus tard, la baignade est enfin
terminée : tes parents sortent de la salle de bains des
serviettes à la main, bien qu'ils soient secs et toujours
habillés avec leurs pulls et leurs chapkas de vrais lapins de
Sibérie. Tu prends une bouffée d'air et tu t'apprêtes à la
collision. Mais la situation est pire que tu le croyais : on se
fout de ta gueule et on t'humilie en feignant d'ignorer ton
existence. Ton père enlève, sans même daigner t'engueuler,
ses lunettes de la sculpture et se met à lire en cachette – de
toi – des papiers froissés qu'il dissimulait en fait sous sa
serviette. Puis tu le vois fourrer ces feuilles dans le placard
connu pour ses difficultés d'accès et tu te demandes si ce
ne sont pas justement les lettres rédigées pour le Père Gel.
Ta mère, déjà dans le salon, a aussi feint de ne rien remarquer du massacre sur le tapis que ton chien Joki – dont
les poils poussent à une vitesse cosmique – est en train
de faire disparaître à grands coups de langue appliqués.
Elle allume sa trentième cigarette et commence à raconter
qu'elle n'en peut plus et qu'elle étouffe *ici*. Dégoûtée par
cette soirée, tu ouvres la fenêtre et tu nettoies le tapis de
Tchépélaré, sans faire de commentaires.

Quelques heures plus tard lorsqu'on te croit couchée
tu sors les feuilles du placard, sur lesquelles il est marqué
en lettres incompréhensibles :

RADIO
FREE
EUROPE

Tu arrives à lire avec beaucoup d'effort les deux premières phrases du document, desquelles tu tires deux conclusions :

a) ta mère ne travaille pas à la radio « Bulgarie populaire » ou alors ce n'est qu'une couverture ;
b) tes parents ne complotent pas contre ta mission spéciale.

Ta mère la patrie

Nos grands frères soviétiques nous ont d'abord libérés des Ottomans, qui étaient de terribles musulmans turcs, dit la camarade directrice à la jupe immense parsemée de diverses fleurs des champs, qui est aussi la professeure de patriotisme et de russe mais qu'on peut appeler seulement la camarade, puis des fascistes – même si la guerre était déjà perdue –, enfin de la bourgeoisie, et le progrès humain bat son plein aujourd'hui, vous informe la camarade avec satisfaction. Tu es également satisfaite d'apprendre que tu as des grands frères : la dernière fois que tu as commandé une grande sœur à ta mère, ta demande a été reçue avec beaucoup d'ironie et demeure depuis lettre morte. Tu as déjà Constantza, t'avait dit ta mère un jour où tu insistais trop et tu t'étais insurgée sur-le-champ : tu n'as jamais demandé une sœur pareille, si peu héroïque et habillée comme un baklava rose ; ta mère t'avait informée qu'on ne choisit pas sa famille non plus et que les baklavas sont uniquement beiges. La seule voie pour servir la Patrie est d'intégrer le Parti, dit la camarade à la jupe immense et tu reconnais que cela semble très logique, celui qui se rendra le plus familier avec l'histoire de la conquête spéciale, au fondement de votre école, aura le plus d'étoiles rouges et méritera peut-être le poste de chef de bataillon, dit la camarade directrice, un avenir brillant à atteindre un jour, dit-elle avant de se taire pour mieux faire résonner le silence du collectif. Tout cela est gagné d'emblée pour toi. À présent tu te plais à imaginer la réaction de ton grand cousin Andreï lors de ton apparition céleste, dans ton uniforme de chef de bataillon, plus brillant encore de par sa grande proximité avec les étoiles.

Une main dressée tel un sapin au-dessus des têtes, celle de Constantza, te sort brusquement de tes rêveries. Interpellée, la dame à la jupe immense lui donne la parole : Constantza se lève gracieusement, éclaircit sa voix et annonce que justement elle y pense depuis longtemps, et que, soucieuse de la participation féminine à cette affaire, elle aimerait préparer un exposé sur Valentina Terechkova, la première femme dans l'espace qu'elle admire plus que tout. Tu as l'impression désagréable que Constantza est en train d'oublier de citer ses sources – toi – et, paniquée, tu te dresses, sans même lever la main, ce qui provoque l'agitation nerveuse des fleurs des champs parsemées sur l'immense jupe de la directrice. Non sans efforts ta voix arrive à s'imposer face au frottement du jersey et du nylon des bas de la camarade, et tu fais savoir à tout le monde, avec beaucoup de fougue, que tu sais tout sur Iouri Gagarine, les parachutes, les scaphandres, sa vie, Baïkonour : tu as même expérimenté plusieurs simulations sous l'eau pour te préparer au cas où. Moi aussi, dit Constantza sous le regard consterné de la dame à la jupe immense, peu habituée à tant de bonne volonté. Le frottement recommence mais elle le couvre en se lançant dans une réponse incertaine : bien, vous dit la camarade, et elle rebondit d'un coup sur cette occasion comme une athlète sur sa perche, vous pourrez donc préparer un petit spectacle pour la Journée internationale de la cosmonautique le 12 avril, dit-elle avec exaltation, où vous nous raconterez la vie de ces cosmonautes et comment vous, futurs chavdars, pionniers, communistes, vous pouvez vous en inspirer au quotidien, dit-elle en ouvrant grand ses yeux d'où surgit une lueur nouvelle, et cela plaira fortement à notre camarade le maire du quartier, qui sera invité, et donc présent. Après le cours tu regardes Constantza remercier chaleureusement la camarade et tu te demandes si les grandes sœurs sont capables de coups pareils.

Chaque héros a besoin d'épreuves

C'est la guerre, voici ta nouvelle position générale, et pour commencer tu as décidé de faire la gueule à tout le monde, au Père Gel, à ton chien Joki qui de toute façon ne comprend rien quand tu lui parles, à la camarade directrice mais elle n'est pas encore au courant, à tes parents au cas où, et surtout à Constantza car elle a vraiment abusé de ta confiance. Hélas tous s'en moquent complètement, sauf Constantza qui essaye par tous les moyens de se faire pardonner et finit par jouer son atout : te dévoiler son lieu secret magique numéro 1. Il s'agit du monument de l'Amitié bulgaro-soviétique où sa mère lui a interdit de se rendre seule, car trop éloigné dans le bois en face, et comme elle ne rentre que demain, il faudrait en profiter. Ce n'est pas la porte à côté et il faut s'armer de courage, te dit Constantza et elle enfile ses bottes laquées de vert fluo et coiffe un curieux serre-tête à pompons pour protéger ses oreilles. De ton côté tu mets le béret datant de la Résistance de ton grand-père communiste émérite – attribut moins impressionnant mais plus adapté à la situation. Tu te décides, après réflexion, à sortir aussi le fromage pour hamburger – gâteau occidental et inconnu – rapporté par ta grand-mère de son seul voyage à l'étranger, il y a deux ans, à Bratislava, avec beaucoup d'amour. C'est une délicatesse rare qui ne ressemble à aucune spécialité bulgare : chaque tranche est enveloppée dans une fine feuille de plastique que tu adores décoller, très lentement, avant de mettre un bout du fromage dans ta bouche où il fond, et ce rituel est si fantastique que tu te le permets uniquement à des occasions exceptionnelles. Tu sacrifies l'avant-dernière tranche pour le goûter de l'expédition, puis tu mets la laisse à Joki qui n'est pas, tout compte fait, un cochon.

Vous affrontez la mission du jour. Vous longez une route où circulent des Lada et des Trabant meurtrières qui bondissent dans vos dos et vous frôlent obstinément les tympans ; vous plongez dans un interminable tunnel qui sent la suspicion, vous pataugez dans une vase, vous escaladez une montagne couverte de détritus, vous puez le gaz ; vous dépassez la maison du Jeune Révolutionnaire où Constantza suit ses cours de gymnastique rythmique, puis la Maison en ruine des voisins disparus dont la redécouverte t'épouvante à chaque fois, sans que tu saches pourquoi, et si fort que tes lèvres se froissent en un pénible nœud, tes yeux doublent de taille et tes cheveux durcissent comme l'acier utilisé dans la construction du Vostok. Il pleut.

Vous êtes à présent devant l'entrée du bois noir et

humide et vous vous attaquez aux chemins étroits qui se tordent sans fin. Il n'y a personne, alors vous êtes les reines de la forêt, hurle Constantza à cause de l'excitation, ou du serre-tête qui brouille son audition. Tu hoches la tête, même si tu n'approuves pas sa manie d'ignorer ton chien Joki qui est de plus en plus beau. Seuls, vous dépassez le jardin des loups et les hameaux de Baba Yaga où se situent tes limites : tu n'es jamais allée au-delà. Des brindilles craquent sous vos pas et leurs échos se perdent au fond du bois. Le silence est contagieux : même Joki n'aboie plus. Tu n'as pas peur, non, ce n'est qu'un moment obscur, mais chaque héros a besoin d'épreuves – Iouri Gagarine a sans doute connu ces moments aussi. Cette réflexion et la vue d'un sapin parmi les bouleaux te réconfortent. Quelques crépitations plus bas et vous êtes au pied immense du monument de l'Amitié bulgaro-soviétique qui est en effet plus haut que le sapin de Iouri et dépasse l'atmosphère, t'assure Constantza, en attrapant le bras d'un soldat en marbre blanc de Vratsa. Tu attaches ton chien futur cosmonaute Joki sur le fusil rouillé d'un autre soldat, tu t'appuies sur un coude, puis sur un casque, puis sur un drapeau agité, et tu escalades en un clin d'œil toute l'insurrection anti-ottomane. Accrochés à ces bouts d'Histoire, vous êtes à présent à mi-hauteur du lampadaire voisin : d'ici les hameaux de Baba Yaga ont l'air ridicule et la peur n'est qu'un souvenir lointain. Un hurlement de joie secoue le parc de la Liberté. Maintenant c'est officiel : Constantza est ton amie éternelle.

Iouri Gagarine a été kidnappé par des extraterrestres

Joki est un chien indestructible. Il te prouve cela en survivant contre toute attente après que :

a) une Lada lui passe sur la cuisse,
b) un troupeau de moutons lui tombe dessus et le torture pendant des heures,
c) un pitbull déchaîné, et sans aucune éthique canine, tente de lui arracher le cou et lui laisse une cicatrice de crocs à jamais.

Joki est un héros. Tu décides de lui donner une deuxième chance dans la conquête spéciale et tu l'emmènes avec toi et ton grand-père communiste au musée du Cosmonaute, lors de votre tournée habituelle du dimanche après-midi. Tu commences par l'affiche de Laïka, héroïne et prédécesseure de Iouri Gagarine, que ton indestructible chien Joki regarde avec condescendance et sans trop s'attarder. Il montre bien plus de respect à Ivan, le premier chien bulgare destiné aux vols spatiaux, mort d'une crise d'asthme lors de l'entraînement. Son corps empaillé est exposé au milieu de la salle et Joki, après un moment de choc, se met à aboyer avec beaucoup d'émoi, à la suite de quoi vous êtes priés de quitter les lieux plus vite que prévu.

Tu es satisfaite de la sensibilité dont ton chien futur cosmonaute Joki fait preuve durant cette journée et, une fois dans le salon de ton grand-père, tu te lances dans un exposé sur la vie de Iouri Gagarine que Joki absorbe docilement. Ton grand-père vrai communiste est content que tu sois si cultivée, mais il se doit de corriger une inexactitude concernant la vraie fin de Iouri, dit-il en t'invitant à t'asseoir sur le canapé en faux cuir et à boire un verre de Coop-Cola. Après quelques phrases d'ordre général, il arrête de tergiverser et te révèle un épisode absent du film soviétique – celui que vous avez regardé ensemble avec tant de plaisir. En fait, Iouri, encore jeune, beau et courageux, est mort dans son avion de chasse qui s'est écrasé mystérieusement sur un rocher lors d'un simple exercice de routine, te dit ton grand-père communiste en buvant directement dans ton verre. Avarie technique ou, plus probablement, meurtre prémédité par les Américains, ce n'est là qu'une partie des hypothèses sur cette mort subite, absurde, désolante, dit ton grand-père vrai communiste en te malaxant méthodiquement l'épaule droite.

Tu n'acceptes pas de croire que Iouri ait pu mourir si vainement et tu le communiques à ton entourage. Tu préfères t'en tenir à la version de la voyante bulgare

Vanga, phénomène national paranormal et référence sûre selon ta mère, qui avance un enlèvement par les extra-terrestres. Tu n'as jamais vu d'extraterrestres, sauf dans la revue *Kosmos* que ton père cache au fond du placard connu pour ses difficultés d'accès afin de ne pas déranger ton esprit, déjà trop fantaisiste à la base, avait-il dit avec dédain. Tu soupçonnes qu'en réalité il ne veut pas partager son seul loisir du dimanche et tu es dégoûtée par tout cet égoïsme qui se niche dans ta famille. Tu profites d'une des séances de blagues dans la salle de bains pour te documenter sur la question. Les dessins de la revue ne sont pas vraiment rassurants : dans la chronique intergalactique, des chevaliers cosmiques de la galaxie Occidenta poursuivent des petits enfants innocents pour les transformer en une sorte de champignon, nécessaire à la production d'oxygène sur leur planète. Les chevaliers sont particulièrement effrayants à cause de leurs corps verts et entièrement dévêtus, leurs cinq pieds et treize mains, leurs têtes surdimensionnées à un seul œil, rouge et vide, leurs cous étrangement longs, et tu présumes que leur espèce ne possède pas d'amygdales. Tu penses à Iouri qui ne doit pas se sentir bien dans une telle compagnie et tu crains que son âme pure soit souillée à jamais s'il reste longtemps auprès d'eux. Ton projet croît : te procurer un parachute et un scaphandre, planter deux / trois sapins, entraîner ton indestructible chien Joki à la carrière spatiale et récupérer Iouri en combattant les chevaliers sans amygdales. Tu crois pouvoir le sauver.

L'amitié éternelle

Joki n'est pas un bâtard. Tu répètes cela en boucle à Constantza qui cherche à te pourrir la vie toute la journée, à te déstabiliser, et à te raconter un sac d'horreurs déplacées : Joki serait le fils renié d'un ours sibérien, ou bien un croisement entre un cocker et un renard, ou encore un être rapporté de la planète Canine et donc un extraterrestre. Tu es outrée : Joki n'est pas un extraterrestre, continues-tu à hurler avec fureur. À la deuxième vague de moqueries envers ton indestructible chien, tu trouves cet acharnement très louche : pourquoi Constantza hait tant Joki ? Quoi qu'il en soit, tu te dois de défendre sa fierté. Tu sors d'un geste déterminé l'éléphant doré qui dépasse du sac de Constantza et lui fais savoir qu'aucun animal ne peut être de cette couleur, que ceci est l'aberration même de la représentation animalesque dans l'artefact des jeux. Pour appuyer cette thèse, tu le jettes dans la flaque à terre où il perd toute sa brillance.

La guerre est déclarée : Constantza te tire les cheveux, tu tires le voile transparent supérieur de sa robe toute luisante à cause de la saison, elle te mord l'épaule, tu lui arraches le ruban rose, elle te griffe le long des bras et très vite vous rejoignez l'éléphant, dans un chaos de gémissements et d'éclaboussures qui parviennent sans doute jusqu'aux cosmonautes tournoyant au-dessus de vos têtes. La bagarre est frénétique. Tu es d'abord submergée par la peur et la douleur de tes blessures de guerre mais, au fur et à mesure que ta figure se couvre de boue, la peine se transforme en euphorie, en puissance, en joie immense que Constantza finit par partager : la bataille devient une fête. Quelques pirouettes plus tard vous êtes épuisées. Vos empoignades se relâchent et ne servent à présent plus qu'à vous soutenir mutuellement pour ne pas disparaître intégralement dans la flaque.

C'est là, dans le silence qui s'installe, que Constantza te sourit plusieurs fois à la dérobée et finit par te dévoiler la vraie raison de son comportement : elle n'accepte pas d'être moins aimée qu'un chien. Cet aveu t'explose à la figure comme l'avion de Iouri au contact du rocher. Une chaleur te monte à la tête et se métamorphose très vite en larmes que tu réussis à retenir. Bouleversée, vaincue, troublée, tu la serres très fort dans tes bras et cette étreinte dure quelques siècles, au moins, à la suite de quoi vous ne constituez plus qu'un seul et même amas de boue. Tu souhaites exprimer ces sentiments qui sont tout nouveaux pour toi mais des mots incompréhensibles sortent de ta bouche parmi lesquels une seule phrase parvient à s'articuler : Joki n'est qu'un bâtard.

Maintenant c'est officiel : Constantza est ton amie éternelle que tu aimes plus que tout au monde.

Comment rendre le passé
vraisemblable

À l'épicerie Soleil en bas de chez vous, on a mis en vente des oranges. C'est bien mieux que la semaine précédente quand c'était le tour du papier toilette et ça annonce d'emblée l'ambiance festive de la nouvelle année. Ta famille a droit à un kilo, ce qui donne des possibilités inouïes : tu pourrais manger les oranges mais tu pourrais aussi les garder pour leur donner une seconde vie. Tu en caches finalement la moitié dans le placard connu pour ses difficultés d'accès, d'où tu ne les sortiras que la Journée internationale de la cosmonautique, le 12 avril, où elles joueront un rôle primordial dans le spectacle pour l'école – celui de la Terre, dont Iouri avait confirmé la couleur orange dans le film soviétique.

Cela fait plusieurs jours que tu développes tes idées de scénographie : tu mets en place un système complexe d'effets spéciaux, aussi effrayants qu'innovants. Tu médites sérieusement l'idée de mettre à contribution ton pingouin téléguidé en le déguisant en vaisseau spatial que tu pourrais manipuler derrière l'estrade. Ton indestructible bâtard Joki, que tu aimes beaucoup quand même, te donne une meilleure idée. Il s'assoit sur tes jambes et se met à mâcher avec persuasion, et sans but autre que la destruction, une bille transparente trouvée dans ta chambre, qui finit par s'échapper de ses crocs et rebondit avec fracas : tu remarques que son mouvement fournirait une excellente astuce pour incarner la propulsion extra-terrestre. Elle est plus petite que l'orange et cela te paraît très vraisemblable dans l'ensemble.

Tu as également prévu une deuxième partie plus solennelle qui sera le clou du spectacle : tu vas jouer toi-même Iouri Gagarine, en reprenant son monologue du film soviétique. Ton grand-père vrai communiste sera fier de te voir dans ce rôle qui alimentera un peu ses espoirs et le préparera à ta réussite finale. Quant à Constantza, elle a du mal à trouver un moyen pour que sa coupe et sa couleur de cheveux correspondent réellement à celle de Valentina Terechkova et elle se résigne à l'idée d'une perruque, solution qui n'est pas sans la dévaster. Tu souhaites l'aider : tu téléphones à ta grand-mère qui garde une formidable perruque de l'époque des premiers vols spatiaux, chez elle, dans son placard connu pour ses difficultés d'accès, et qu'elle met uniquement pour des événements spéciaux – les anniversaires en famille, le 1ᵉʳ Mai ou la Journée internationale de la cosmonautique, justement. À ta grande surprise elle n'est pas du tout ravie de la prêter à Constantza même si tu l'assures qu'il s'agit de ton amie éternelle et d'une affaire

spéciale dont tu ne peux pas parler pour le moment.
Il n'y a pas d'amitiés éternelles, il n'y a que des intérêts
communs, te dit ta grand-mère, et cette phrase t'explose
à la figure comme un pétard dans une rue campagnarde
un dimanche après-midi. Elle se résout à te donner la
perruque, enveloppée dans un sac transparent, non sans
souligner qu'elle prend ce grand risque uniquement au
nom de l'intérêt communiste et du progrès humain.
Puis, avec une voix moins patriotique, elle ajoute que
si tu la perds, ce serait le souvenir de toute une jeunesse
qui disparaîtrait avec – la sienne. Tu récupères le sac, et
tu t'esquives sans faire de commentaires. Ta mission a
dorénavant un double objectif : accomplir le rêve de ton
grand-père communiste émérite et prouver à ta grand-
mère que l'amitié éternelle existe.

Fourrure d'animal sauvage

Un jour, entre deux bouchées, tu contemples Constantza qui a mis sa perruque brune et essaye l'air de rien de
se fondre dans le groupe. Puis ton regard s'arrête sur une
phrase gravée au-dessus de la perruque en énormes lettres
de métal rouillé : QUAND JE MANGE, JE SUIS SOURD ET
MUET. Une fresque montre des pionniers mangeant ce
qui a l'air d'être une soupe fumante de petits choux. Tu
te demandes si ce sont les petits choux ou la soupe en
général qui rendent sourd et muet ou si n'importe quel
plat peut avoir cet effet maléfique. Tu t'aperçois qu'effectivement tout le monde autour de toi, Constantza
comprise, se tait. Tu as l'impression de disparaître dans ce
silence qui paralyse tes sens et t'aspire comme une paille,
comme une méduse, ou comme un vortex terrifiant. Tu
n'as aucune envie d'être aspirée. Tu décides de projeter
ta voix, en criant n'importe quoi, pour tester la communication : un long rugissement surgit de ta gorge bien
plus fort que tu ne l'envisageais, traverse les tympans
absolument fonctionnels de tes camarades admiratifs, et
fait sursauter un petit chou de la bouche de la surveil-

lante; par conséquent, des éclaboussures de soupe atteignent Constantza qui, découvrant qu'une tache bien visible est venue gâcher l'harmonie de sa robe de toutes les couleurs, explose bruyamment en larmes. De ton côté tu es si impressionnée par les nouvelles capacités de ta voix que tu ne sais plus t'arrêter. Après un long moment d'ahurissement collectif, une décision est prise : vous êtes toutes les deux punies. On vous ordonne de ne pas finir vos soupes et d'aller courir pendant cinq minutes dans l'allée des Cosmonautes.

Tu savoures ce moment de liberté obtenu grâce aux petits choux, et du simple fait d'élever la voix. Tu te dis que tu devrais le faire plus souvent : prendre des libertés, briser le silence, oser. En t'emboîtant le pas, Constantza a l'air moins motivée. Cinq minutes plus tard tu cours en rond avec assiduité, en expérimentant tout un registre de glapissements inconnus et truculents, mais aussi de pluie accompagnée de foudre, de grêle, de météorites, de bombardements, d'imitation de décollage de Vostok, de Boeing 306, de fusée K2, 3 et 5 en phase d'atterrissage, sous les épines du sapin de Iouri Gagarine qui demeurent majestueusement immobiles. Majestueuse aussi est l'ombre de Constantza, trouée par le soleil, à cause du modèle complexe de sa robe. Elle ne se laisse aucunement déstabiliser par ton énergie qu'elle juge puérile.

Ce moment est brusquement interrompu par l'arrivée de la camarade directrice à la jupe immense parsemée de diverses fleurs des champs, et actuellement dissimulée sous son immense fourrure d'animal sauvage. Cette fois-ci elle te regarde avec beaucoup moins de bienveillance que d'habitude. Après avoir subi un discours d'une longueur démesurée sur l'importance de la discipline dans la vie des jeunes écolières, vous êtes interrogées sur l'avancée de votre mise en scène. Soulagée de pouvoir rattraper le coup, Constantza se place sans tarder devant la mosaïque, qui est en fait le décor scénique prévu. C'est Constantza qui ouvre le spectacle : elle prend un caillou et le jette dans la direction de la mosaïque – c'est le premier mouvement d'une chorégraphie très élaborée qui met en scène le vol de Valentina Terechkova. Tu mets plus de temps à démarrer car l'une des oranges, que tu avais apportée pour répéter, a explosé dans ton sac, et a inondé la télécommande du pingouin dont tu te sers actuellement pour créer l'effet d'explosion du moteur-fusée nécessaire à la propulsion du Vostok. Ton sac diffuse une odeur curieuse qui fait éternuer la camarade directrice et la plonge dans un état d'irritation encore plus virulent. En fait, elle n'est pas satisfaite par votre proposition. L'idée était de chanter l'esprit travailleur et le courage de ces deux cosmonautes et non pas de jouer au cirque, dit la camarade dont le manteau laisse à présent entrevoir un bout de tissu : de toute évidence le Père Gel lui a apporté une nouvelle jupe, plus adaptée à la saison. Que Constantza joue Valentina Terechkova, passe encore, dit la camarade, car elle est brune et courageuse comme elle ! Mais pour ta part, tu ne peux pas être Iouri Gagarine car tu es une fille et deux filles qui incarnent la conquête spatiale, ce n'est plus du tout vraisemblable, dit soudain la camarade directrice à la jupe toute neuve qui crépite de mécontentement. Pour te fournir une occupation, la camarade te suggère de trouver une tenue plus convenable à ton amie car cette perruque risque d'effrayer les enfants les plus sensibles de la classe. Constantza s'agrippe à son rôle avec acharnement pendant que les flocons de neige viennent se loger et disparaître dans ta bouche entrouverte.

Maintenant c'est officiel : Constantza sera la star de votre performance spatiale et toi, eh bien tu l'aideras, au nom de votre amitié et de l'intérêt communiste. Une odeur douteuse te fait éternuer et tu te demandes si tes oranges ne sont pas effectivement pourries.

Même si tu n'es pas sur la photo

Tu t'entends réciter, avec la fierté qu'on t'a suggérée, quelques vers en rime sur la scène de l'allée des Cosmonautes. C'est enfin le jour où tu deviens chavdar et tu sens que tu es sur la bonne voie, que tu entames un chemin parsemé de lieux secrets, de cosmonautes et d'autres héros qui ont sauvé le monde, l'Europe ou au moins ton pays. Un chemin où il y a aussi des responsabilités, des devoirs envers la Patrie ou le Parti, tu ne saisis toujours pas la différence. Le chavdar aime sa patrie libre comme sa propre mère biologique, dis-tu, dressée telle une fusée qui va à tout moment s'éjecter vers les cieux, et tu te tais pour mieux savourer cette phrase, tirée directement du *Manuel pour les jeunes chavdars*, édition « Le Savoir populaire », 1974, Sofia. Pour te consoler de la perte du rôle de Iouri Gagarine dans la Journée internationale de la cosmonautique, on a imaginé un mono-spectacle supplémentaire pour toi : tu as l'honneur de raconter l'histoire de la fondation du Parti communiste bulgare et de citer la date, le lieu de naissance et le numéro secret de partisan du secrétaire général du comité central du Parti

communiste bulgare et président du conseil de l'État de
la République populaire de Bulgarie, le camarade Todor
Jivkov qui te regarde du haut de son portrait gigantesque
avec ses gros yeux immondes, blafards, vides.

Puis on t'attache un tissu bleu autour du cou et on
t'assure qu'il te va très bien, et que dans tous les cas il est
obligatoire, que tu dois le porter, l'été comme l'hiver, du
matin au soir, car il est le symbole de ta bonne citoyenneté,
de ta profonde foi communiste. Tu accueilles sans poser
de questions ce nouvel attribut auquel tu espères vite
t'habituer. Tu vois de loin que Constantza a mis le sien
légèrement en biais et ça ne fera pas du tout joli pour la
photo. Tu essayes de te faufiler rapidement derrière les
chavdars pour atteindre Constantza et réparer l'imper-
fection sans te faire remarquer, mais il est trop tard :
la photo s'est faite sans toi. Pour te consoler ta mère te
tend le Petit Renard, ton chocolat préféré car il n'y en
a aucun autre, et tu le dévores en essayant de retrouver
espoir : tu deviendras Iouri même si tu n'es pas sur la
photo et que tu ne seras jamais chef de bataillon. Il te
faut juste obtenir encore le titre de septembrien ou celui
de komsomol, ou au moins celui de pionnier, au mieux
celui de communiste, après quoi tu pourras, éventuel-
lement, accomplir ton rêve.

Berlin n'est pas un homme

Époustouflée, haletante, émerveillée, rouge, dépassée, luisante, effrayante, ta mère est au milieu de la chambre et sautille sur un pied, émet des sons et des cris saccadés, t'embrasse et te secoue, souffle de la fumée de cigarette dans ta figure et t'adresse des paroles incohérentes. Pendant un court moment, tu entreprends de pleurer, fortement perturbée par ce comportement, puis tu changes d'avis, car ta mère ressort aussitôt de ta chambre en hurlant. Tu la poursuis avec hésitation dans le couloir, et dans le salon où elle se jette sur ton père, mais pas méchamment, et il paraît de plus en plus évident qu'elle est, en fait, contente.

Le mur de Berlin est tombé, te semble dire ta mère mais ces mots s'écrasent sur la joue, sur le cou et même sur la bouche de ton père qui les avale, puis se met également à embrasser ta mère sur la joue, sur le sourcil droit et, tu le vois bien, sur la bouche. Tu réalises que c'est, en fait, la première fois que tes parents reproduisent cette chose-là que tu as déjà vu d'autres faire, la voisine, ton grand cousin Andreï qui a déjà dix ans, alors il a le droit, et plusieurs personnes à la télévision. Ce n'est pas vraiment la chose en soi qui t'inquiète mais le fait qu'elle est pratiquée chez toi, que tes parents le font eux aussi, comme tous les autres, s'embrasser, et donc s'aimer bien. Tu te sens soudain en trop. Leurs têtes ont maintenant totalement disparu dans un nuage de cigarette qui brille à la lumière du lustre – importé d'Union soviétique, non sans user de relations. Ton indestructible bâtard Joki est tout autant bouleversé que toi et pousse deux aboiements. Décidée à mettre fin à ce spectacle malvenu et à choquer tes parents autant que possible, tu te jettes sur lui et tu l'embrasses avec fougue directement sur ses moustaches jaunes. Leur surface gluante et trempée te fait le repousser avant même que tes parents aient le temps de vous remarquer – et par la même occasion tu découvres qu'il a terminé à ta place la soupe aux petits choux que tu ne voulais pas vraiment manger.

Le mur de Berlin est tombé, continue de hurler ta mère, cette fois au téléphone à quelqu'un qui répète la même phrase de l'autre côté de la ligne. Pendant ce temps ton père court chercher une bouteille de liquide transparent, qu'il ouvre, et la pièce prend une odeur de fruits fermentés. Il se met à en descendre des verres systématiquement, tout en hurlant de joie et en effectuant des mouvements désordonnés avec ses mains, comme des essuie-glaces qui balaieraient en directions multiples. Au bout de plusieurs minutes, assez longues, tu parviens à comprendre que Berlin est une ville et pas un homme comme tu le croyais. Tu te rappelles le mur entre le salon et la chambre de tes parents : ta mère l'avait attaqué un après-midi, quand ton père avait pris la décision de quitter le foyer. Elle avait besoin d'agrandir son espace vital et de respirer, avait-elle proclamé avant d'enfoncer un marteau dans le plâtre, sans autre résultat que l'écorchure de la peinture et un terrible mal de dos.

À présent, tu essaies d'établir un lien entre la peinture écorchée, la ville de Berlin et l'action incongrue que tes parents ont reprise. En vain. Ta grand-mère a rejoint le festin et descend la bouteille de fruits pourris avec conviction. Tout le monde semble extrêmement heureux, sauf le secrétaire général du comité central du Parti communiste bulgare et président du conseil de l'État de la République populaire de Bulgarie, le camarade Todor Jivkov, qui est en train de vivre un très mauvais moment, en direct sur la chaîne nationale, sous les applaudissements excessifs de ta famille : un autre homme lui annonce qu'il n'est plus ni secrétaire général, ni président de la République, tout en lui déclarant son amour éternel et son respect profond pour ses mérites pendant ses trente-cinq ans de mandat. Les deux yeux gris de Todor Jivkov – qui peut pour le moment garder le grade de camarade – ont l'air encore plus grands à cause de l'épaisseur des lunettes bombées derrière lesquelles tu es sûre de voir des larmes se nicher.

Tu te demandes comment les nouvelles de Berlin vont influer sur ta mission spéciale et ce qu'aurait fait Iouri Gagarine : tu regrettes qu'il ne soit pas là pour lui demander. À la place tu appelles Constantza et une réunion est convoquée d'urgence dans le hall de l'immeuble, votre nouveau lieu secret magique 2.

Le Père Noël t'envoie le bonjour

C'est de plus en plus clair, tu n'auras pas de parachute, ni de scaphandre et encore moins de Vostok pour le nouvel an – demande récemment soumise dans une lettre : on t'annonce, au détour d'une phrase, que le Père Gel s'appelle désormais Père Noël et viendra le 24 décembre au soir, pour *Noël*, nouvelle fête, te dit ta mère en te tapotant l'épaule comme pour te remonter le moral. Tu regardes le calendrier et tu constates malgré toi qu'on est le 28 décembre, et que si tes calculs sont bons, il faudra attendre un an. Une larme éclôt de ses yeux et, audacieuse, se met à rutiler : gênée par cette perte de contrôle, ta mère disparaît dans un nuage de fumée. Tu regardes le nuage, puis l'orange, sans comprendre, et son odeur persistante t'inquiète profondément.

Quelques jours plus tard c'est officiel : le Père Noël, en fait, n'existe pas. Tu apprends cela à l'école, en manifestant ton indignation face aux nouveaux changements, à la suite de quoi plusieurs camarades de classe te confirment la chose. Tu paniques et tu cours vers Constantza pour lui annoncer la nouvelle, qu'elle n'a pas l'air d'entendre pour la première fois. Tu es affectée d'apprendre qu'elle s'en doutait depuis longtemps et qu'il n'y a que toi pour croire encore au Père Noël à l'âge de huit ans, te dit-elle avec condescendance. Ayant pisté la trace des colis, elle s'était aperçue que ceux du nouvel an n'arrivaient ni de Sibérie, ni de Laponie, mais de Grèce comme tous les autres ; te le dire aurait brisé tes rêves, te dit-elle en te prenant dans ses bras et tu te rappelles sur-le-champ que c'est ton amie éternelle à qui tu pardonnes tout.

Il te semble juste de constater que le sapin qui se dresse bêtement au milieu de la pièce, sans décoration et sans aucun intérêt en fait, n'est pas celui du Père Gel mais celui de Noël. Tu te demandes qui alors a bien pu déposer dessous un pingouin téléguidé l'année dernière et pourquoi s'arrêter maintenant. Plus tu y penses, plus l'image sombre, déchirante, révélatrice, refait surface : tu revois encore étinceler les larmes que ta mère n'a pas réussi à cacher.

Volcan en éruption

Maintenant c'est officiel :

a) il n'y a plus rien à manger,
b) il n'y a plus rien à vendre dans les magasins,
c) et rien avec quoi acheter,

ce qui démontre une certaine cohérence malgré les séismes. À la mairie on a trouvé la solution pour procurer du pain et du lait à l'ensemble de la population, en distribuant des tickets en papier que ton père t'a secrètement montrés. C'est bien clair : une famille = un ticket par jour = un pain / une brique de lait.

Devant l'épicerie Soleil en bas de chez toi, des gens attendent en formant une longue queue comme un fil jusqu'à l'immeuble suivant, ou comme un long bras, ou comme un serpent mais pas en boucle et tu te demandes si les serpents peuvent demeurer ainsi tout droit. Ça caille. Tu ne comprends pas l'intérêt que tant de gens portent au même moment à un pain / une brique de lait, mais tu voudrais participer à ce jeu nouveau, tu veux entrer en contact avec le bras. Malheureusement on t'a enfermée dans ton chez-toi au cinquième étage et tu ne peux que regarder, de loin. Tu décides d'improviser un petit spectacle afin d'attirer l'attention : tu te vêts d'un déguisement de cosmonaute argenté que ton grand-père communiste émérite t'a rapporté de Det Mag, le magasin des enfants, et tu te mets à scander, une dizaine de fois de suite : « Je suis Iouri, vous êtes démasqués !! » Cette réplique culte dont tu es l'auteur incontestable est hélas emportée par le vent – ou alors tu es devenue muette, pour de vrai cette fois-ci ? Cette pensée t'horrifie. Pour tester ta voix, tu appelles plusieurs fois de suite ton indestructible bâtard Joki qui s'est caché sous le lit et qui ne semble pas t'entendre, ou du moins vouloir le manifester. Tu cherches à te rassurer : il ne répond jamais à son nom, ni à aucun ordre, et on ne peut pas vraiment se fonder là-dessus. Tu téléphones à tes grands-parents et ils n'entendent en effet qu'un mot sur deux. Tes angoisses s'amplifient. Tu te tournes alors vers Constantza car tu ne connais aucun autre numéro de téléphone et tu es enfin rassurée : elle entend très bien ta voix et, qui plus est, s'invite à prendre part à ton spectacle. Deux minutes plus tard elle est sur ton balcon, déguisée en nymphe multicolore d'un célèbre mythe grec. Ensemble vous élaborez des stratégies pour communiquer autrement que par la voix avec la foule sourde en bas, dont une est retenue à l'unanimité : lui balancer des objets dessus. Différents missiles sont immédiatement testés au service de cette mission :

a) des sacs en plastique – une dizaine de tentatives
échouent car ils atterrissent tous sur la branche
du peuplier en face, après quoi les réserves de tes
parents sont épuisées ;
b) la terre du ficus dans le couloir qui ne sert à rien
autrement – hélas le pot s'échappe de vos mains et
vous laisse un désagréable souvenir sur le tapis de
Tchépélaré, hérité de plusieurs générations et donc
fierté familiale ;
c) votre propre salive, projectile plus facile à manier et
que vous avez largement en stock.

Tu es rassurée : agacer le monde est un intérêt commun
important. Mais au bout de quelques essais Constantza
se désiste car l'activité ne correspond pas à son costume
grec. Toi en revanche tu t'en sors plutôt pas mal : tu vises
plusieurs fois dans le vide avant que la bombe n'atteigne
sa cible finale – l'épaule d'un homme vêtu de gris. Un
accident vient ternir le tableau de ta conquête : sa réaction est plus rapide que tu ne le prévois car il lève la tête
et t'identifie. Tu te jettes alors par terre comme une ninja
dans les films en langues étrangères que ton père a
commencé à louer depuis la chute du mur. Mais à peine
cette cascade réalisée, tu découvres avec effroi une
nouvelle spectatrice : ta mère est accoudée à la porte et
a bien vu que tu es en train de cracher sur les gens qui
font la queue depuis cinq heures du matin pour acheter
un pain / une brique de lait.

Tu es en train de cracher sur les gens qui font la queue depuis cinq heures du matin pour acheter un pain, te dit ta mère, et tu ressens l'envie soudaine de fondre dans ton déguisement cosmique, tu comprends que là c'est trop, qu'il y a comme une erreur, comme un imprévu ou comme une terrible apocalypse. Tu t'entends bafouiller un truc peu probable et de mauvais goût qui se perd dans ta bouche desséchée. Constantza profite d'un rayon de silence pour se rappeler que sa mère vient de rentrer de Grèce et se voit dans l'obligation de disparaître aussi vite qu'elle était apparue. Maintenant c'est officiel : ton amie éternelle que tu aimes plus que tout au monde t'a abandonnée face à un volcan en éruption.

Changement de programme

Quelques mois plus tard, c'est officiel : ce n'est pas juste un mur qui est tombé, c'est tout le communisme, phrase qu'on te répète sans cesse comme si tu en doutais, ou comme si subitement tu ne comprenais plus la langue bulgare, ou comme le vinyle rayé du *Petit Chaperon rouge*, qui s'était coincé sur la suggestion :

VA TE REGARDER DANS LE LAC,

traumatisme ancien venant de refaire surface. Tu ne peux plus mettre un pied dehors, pour promener ton indestructible bâtard Joki, ou pour monter sur la fusée spatiale derrière l'immeuble en espérant que cette fois elle s'envolera enfin, sans que cela recommence : tout le monde répète la phrase, la camarade voisine du quatrième étage, la camarade vendeuse de l'épicerie Soleil et ton grand-père vrai communiste, plongé soudain dans une dépression profonde. Quant à tes parents ils ont arrêté de se grimper dessus sans te prévenir, de te secouer et de sautiller partout, et surtout de s'embrasser sur les sourcils

– et tu l'as bien vu, sur la bouche – mais ils continuent à s'agiter de temps à autre et à vivre dans un excès constant de bonne humeur.

Se succèdent plusieurs changements paradoxaux, à commencer par le foulard bleu que tu as gagné avec tant de volonté l'année dernière, et qu'on t'avait encouragée, et même obligée, à porter depuis : ta mère l'arrache de ton cou en un mouvement agile, avec dans le regard cette lueur plantée là depuis quelque temps, et se met à le tordre, à le froisser, à le piétiner et finit par le découper en petits morceaux et le jeter par la fenêtre. Puis on t'emmène un jour à l'école où la camarade directrice qui a remis sa jupe de la saison printemps-été – celle parsemée de diverses fleurs des champs – annonce la nouvelle la plus improbable jamais entendue par tes oreilles : ton école ne s'appelle plus Iouri Gagarine car Iouri Gagarine est soviétique et donc communiste. Il est sans contestation aucune, encore et pour toujours dans les registres de l'Histoire, le premier homme envoyé dans l'espace, dit la directrice qu'on n'appelle plus camarade mais madame. Il a été décidé de mettre à l'honneur un nom bulgare, dit madame la directrice à l'immense jupe de la saison printemps-été, car l'amitié bulgaro-soviétique, ça commence à bien faire. L'école s'appelle désormais Vassil Zlatarov, historien ou médecin, dont tout le monde apprend brusquement l'existence. Personne ne semble gêné par cette tournure de la situation. Et les valeurs spatiales…!? Et le scaphandre…!? Et les chevaliers cosmiques…!? Tu veux protester, hurler, t'arracher à l'emprise de ta mère, aller toucher le sapin, et pourquoi pas grimper sur ses branches, pour scandaliser le monde le plus possible, mais il se fait tard et ça suffit, te dit ta mère.

Sur le chemin du retour tu ne dis rien, tu penses à Constantza et à la nouvelle perruque envoyée spécialement pour elle des États-Unis où ton oncle a émigré, perruque atypique aux couleurs du drapeau communiste, qui n'aura désormais plus aucune utilité : votre spectacle est annulé car le 12 avril n'est plus la fête de l'école. Tu es tout à coup prise de panique : votre principal intérêt commun vient de s'effondrer.

La Rive ensoleillée n'est pas une station balnéaire sur la mer Noire

Ta mère envahit le salon et se dirige avec des petits sauts lugubres vers ton père qui lit *Parole*, le journal des adultes : elle l'arrache de ses mains comme le foulard de ton cou, il y a quelques mois et des météores. Le destin du papier ne sera pas différent – découpé, brûlé, jeté par la fenêtre. *Le Journal libre* est enfin distribué, crie-t-elle, on pourra enfin savoir La Vérité, dit-elle, et elle s'apprête à le lire en allumant sa treizième cigarette de la journée. Tu ne veux rien savoir, mais on t'engueule un peu, et tu comprends qu'il faudra participer à cette activité car l'enfance ne peut pas être une excuse pour se boucher les oreilles, te dit ta mère surexcitée. Tu n'as guère le choix et tu t'installes en tailleur dans l'immense divan orné de tissu à figures abstraites, en espérant qu'il t'avalera dans un monde merveilleux. Même ton indestructible bâtard Joki se joint à la réunion : il campe sur tes genoux comme si tu le lui avais proposé et se met à te lécher les orteils. Tu te demandes si tu ne pourrais pas, comme lui, te trouver une occupation secondaire, mais hélas la lecture commence avant que tu puisses réagir. Les conditions sont enfin réunies pour une nouvelle transition démocratique dans notre société, explique le professeur X pour *Le Journal libre*, crie ta mère, et nous devons arracher les racines du totalitarisme, dit le professeur, crie-t-elle dans un nuage de fumée, plus aucun compromis ne sera possible avec la nomenklatura, la perestroïka n'est qu'une illusion, crie ta mère en écrasant dans le cendrier un vieux mégot qui n'était pas bien éteint.

Tu penses à tes devoirs de russe que tu as volontairement oublié de faire, et cela explique probablement tes difficultés à suivre la lecture en cours. Nous pouvons enfin affirmer ce qui est vrai : les communistes ont volé, torturé, massacré, déclare le professeur X, crie ta mère, mais là tu l'interromps sur-le-champ : tu ne veux rien entendre de méchant contre ton grand-père qui est... communiste ! Là tout le monde rougit, une respiration accélérée accompagnée de soupirs menaçants remplit l'espace, ton père se racle la gorge, un peu trop fort, et la joie de ta mère s'éteint légèrement. Après une longue explication décousue, tu espères avoir compris : ton grand-père est communiste, un vrai, te dit-on plusieurs fois, de ceux qui croyaient, qui affrontaient dans les bois le fascisme et d'autres problèmes ; il a par la suite été un travailleur émérite qui n'a jamais fait partie de la nomenklatura, te dit ta mère en astiquant ton front comme si elle voulait en effacer une tache. Ton père profite de ce moment compliqué pour ouvrir la dernière bouteille d'eau-de-vie de la réserve familiale. La pièce prend l'odeur de fruits fermentés et ta mère court rapporter deux verres minuscules pendant que tu digères les informations, consternée. Pour te consoler elle sort aussi un immense bocal de Nutella – envoyé directement par ton oncle des États-Unis – qu'elle cache dans un placard difficile d'accès et qu'elle ne sort que pour des occasions exceptionnelles. Tu attaques la consistance avec une cuillère à soupe et en fourre autant que tu peux dans ta bouche, jusqu'à ce que ta langue colle définitivement à ton palais. Ton indestructible bâtard Joki commence à se sentir exclu, alors tu lui tartines le museau et il passera des jours à lécher ses moustaches jaunes.

Quelques cuillerées plus tard tu finis par hocher la tête et ta mère reprend la lecture en allumant sa trentième cigarette de la journée. Le professeur X confirme qu'en 1950 la DS, le service secret de renseignement, devient les yeux et les oreilles du Parti communiste, lit ta mère en sifflant deux verres d'un coup, et que vingt ans plus tard la direction N° 5 du KGB pour la lutte contre les dissidents et la direction N° 6 de la DS pour la lutte contre la diversité idéologique signent un accord commun, lit ta mère qui est entièrement rouge à présent. Nous pouvons enfin dire ce que beaucoup savaient depuis des décennies, crie ta mère : il y a eu des camps de concentration pendant la dictature communiste, dans lesquels on mettait des parents d'immigrés, des enfants de bourgeois, des anarchistes, des trotskystes, des sociaux-démocrates de l'opposition, des pro-Tito, des homosexuels, des personnes ayant refusé de collaborer avec la DS et de simples raconteurs de blagues.

Tu tournes la tête en direction de la salle de bains : pour la première fois tu saisis la vraie fonction des interminables séances de lavage et le faux prétexte que tes parents utilisaient pour se dire la vérité. Étouffée par ces informations nouvelles ta mère boit un troisième verre et reprend avec un air flou mais déterminé. Selon un survivant du camp de travail La Rive ensoleillée, le principe du camp est la rééducation par le travail, lit ta mère, tous les jours sauf le dimanche, à toutes les saisons de l'année, les détenus, faucilles, marteaux, et d'autres instruments rouillés à la main, fabriquaient des briques, géraient des fermes de cochons, creusaient des canaux jusqu'à l'épuisement total, lit ta mère en avalant un quatrième verre, si quelqu'un tombait trop malade ou était près de la mort, on le libérait pour qu'il ne meure pas dans le camp, lit ta mère et ton père met ses mains sur tes oreilles, ce qui ne sert pas à grand-chose car tu entends bien que fusillées, torturées et battues jusqu'à la mort, exploitées jusqu'à l'épuisement définitif dans les camps de concentration, abattues en tentant de fuir à la frontière, disparues sans raison connue, plus de trente mille personnes ont été victimes de la dictature communiste en Bulgarie.

Plus de trente mille personnes ont été victimes de la dictature communiste, répète ta mère plus du tout fraîche à la suite de cette séance de lecture. Ton père est moins atteint car depuis son service militaire, pendant lequel

84

il a été envoyé se battre avec des mitraillettes au Printemps de Prague afin de sauver, justement, le communisme, il n'entend plus qu'un mot sur deux. Tout le monde se tait avec intensité. Pendant un long moment l'univers ne devient que claquements de verres sur la table et bruits de fruits fermentés et avalés méthodiquement. Tu sais que ton grand-père est communiste, un vrai, de ceux qui se battaient dans la forêt et qui voulaient devenir Iouri Gagarine. Tu sais qu'il n'y est pour rien, qu'il n'était pas au courant, que cela ne le regarde pas. Tu veux bien le croire, mais tu te sens comme le Vostok égaré dans les steppes du Kazakhstan.

Ta nouvelle croix

Ta grand-mère n'est plus du tout communiste à la grande sidération de ton grand-père qui, lui, le devient de plus en plus : l'abîme entre eux est désormais considérable. Tandis qu'il lit régulièrement le journal *Parole*, ta grand-mère décide de se tourner vers Dieu, devenu de nouveau légal grâce à la démocratie. Elle achète une bible grande et noire pour les adultes et une spéciale pour toi, plus colorée et simple, que ta mère regarde d'un air désapprobateur, quoique. Intriguée, tu l'ouvres et tu découvres d'abord une série d'illustrations qui montrent dans l'ordre :

a) création des animaux : un homme aux cheveux plaqués et gras, vêtu d'un tissu rouge et blanc, agite les mains comme pour faire un tour de magie ou comme pour parler le langage des signes. Autour de lui divers canards, écureuils et autres bêtes sauvages le regardent d'un air hostile ou étonné ;

b) création d'Ève : un homme aux cheveux gras vêtu

86

d'un tissu rouge et blanc tire une femme nue,
sortant des côtes d'Adam qui est là par défaut;
c) la Chute: une fille nue aux cheveux longs touche
une pomme encore accrochée à son arbre sous le
regard hésitant d'Adam qui a toutes ses côtes et sous
le regard sensuel d'un être à la tête de femme et aux
pieds de lézard.

Divers conseils et indications de bonne conduite
t'évoquent le contenu du *Manuel pour les jeunes septembriens*, et tu réalises qu'il a disparu depuis la chute du
mur. Lorsque tu tentes de te renseigner, on t'engueule
un peu, sans donner suite à ta demande.

Puis un jour ta grand-mère croyante t'emmène dans
un gigantesque bâtiment sombre et froid, d'où afflue une
odeur d'éternité. Des peintures dorées trônent sur les
murs et te rappellent celles de la petite bible. Tu t'arrêtes
devant un homme qui tue, l'air de rien, un dragon. Cela
ressemble un peu aux mosaïques représentant Iouri, mais
en encore moins réaliste et en bien plus sanglant. Un
vieux monsieur te suggère de te mettre à genoux – le
pope, te dit ta grand-mère croyante – et, déterminé, il
amorce un récit, en chantonnant des phrases pas vraiment
en bulgare. Il te relève ensuite, t'attrape et trempe ta tête
dans une bassine d'eau froide, sans te prévenir, plusieurs
fois de suite, et cela ne surprend personne d'autre que
toi; puis il te tapote le front avec un bouquet de diverses
plantes vertes, et en continuant à chantonner. Tout le

monde semble content et tu te forces aussi à sourire. Le pope te montre ses trois premiers doigts de la main droite qu'il a réunis comme une pince de crabe, ou comme une marionnette pour ombres chinoises, ou comme pour se moquer de toi, et il te demande de faire pareil. Ensemble vous touchez chacun vos fronts, vos ventres, vos épaules droites puis vos épaules gauches, et il sort de la bassine une petite croix dorée que sans égoutter il t'attache au cou. Tu es baptisée, te dit ta grand-mère religieuse que tu remercies en essorant ta chemise.

Furieux d'apprendre ce qui t'est arrivé, ton grand-père vrai communiste émérite te traîne, la semaine suivante, à un meeting devant un monument qui ressemble à une soucoupe volante. Un podium scintille dans le brouillard épais. Tu entends autour de toi des gens, foulards rouges de pionniers au cou, chanter des airs communistes. Tu connais tout cela, mais tu sais maintenant que ce n'est pas si approprié. Du haut d'une immense tribune un homme aux cheveux gras prononce un serment, rempli de mots russes que tous écoutent dans une béatitude commune. Pendant un court moment tu as l'impression de disparaître dans l'énormité de ce discours qui paralyse tes sens et t'aspire tel un dragon rouge en train d'éternuer. Tu n'as pas envie d'être aspirée, et tu demandes à ton grand-père vrai communiste s'il serait envisageable de s'en aller. Au lieu d'exaucer ton souhait, il arrache ta nouvelle croix et t'attache à la place un foulard de pionnier, que tu croyais devenu illégal. Tu le regardes se débattre avec le nœud : ses mains tremblantes n'arrivent pas à joindre les bouts, il s'étouffe dans sa furie, et ses deux yeux humides sont tellement rouges que tu te demandes s'il n'est pas, au moins temporairement, possédé par le dragon. Il n'y a pas le choix : tu te remémores quelques chants pour pouvoir participer à la cérémonie. Quelques discours plus tard, tu es de plus en plus perplexe : tu ne sais plus où se trouve la vérité.

Te transformer en prince charmant

Maintenant c'est officiel : Constantza est une peste. Elle se ramène un jour à l'école avec sa nouvelle robe fluorescente, mais surtout avec *Le Journal libre* qu'elle ne lit jamais d'habitude. Tu es donc avertie d'emblée : une nouvelle incroyable, et probablement très mauvaise, se trouve à l'intérieur. Elle monte sur le banc au pied de l'éternel sapin de Iouri dans l'allée des Cosmonautes qui elle n'a pas changé de nom pour le moment, en apprêtant ses jupes, aspire profondément par le diaphragme et te dévisage avec une expression tragique et bien travaillée dans les cours de théâtre où on lui donne toujours le premier rôle – toi tu n'es que figurante.

Elle essuie quelques larmes dans un mouchoir en soie, éclaircit sa voix et lance avec grâce son monologue : elle se doit de te lire à haute voix une immense conspiration qui vient d'être démasquée par *Le Journal libre*, et qui plus est, changera ta vie, te dit Constantza en accrochant son mouchoir sur la branche du sapin d'où s'échappent une multitude d'épines sèches saupoudrant légèrement ta tête. Le premier homme envoyé dans l'espace, le 12 avril 1961 à bord du Vostok 1 dans le cadre du Programme spatial soviétique, Iouri Alekseïevitch Gagarine, a eu un gros pépin, témoigne le spécialiste de cosmonautique, monsieur Y., susurre mystiquement Constantza dont le personnage s'inspire de la voyante grecque de sa mère, car à la suite du frottement des particules et de la chaleur grandissante la capsule Vostok 1 a pris feu au contact de l'atmosphère, dit Constantza en élevant la voix comme si elle proclamait une incantation sorcière qui allait à tout moment te transformer en grenouille, ou en prince charmant, ou en soucoupe volante, c'est un miracle que Iouri Gagarine ait survécu, dit Constantza dont les mains font trembler la page du journal, les deux modules se sont séparés et Gagarine a pu être éjecté avec son parachute, dit-elle avant de se taire pour mieux savourer ta confusion.

Puis elle prépare sa flèche mortelle : tout prouve que Iouri Gagarine est retourné sur Terre en dehors de son habitacle spatial, dit Constantza avec une voix plus grave maintenant, comme pour t'avertir que ton compte est réglé, fait opposé au protocole de la Fédération aéronautique internationale exigeant que les records soient réalisés de bout en bout depuis un même aéronef, proclame Constantza sans respirer dans un long flot récitatif ininterrompu, révèle monsieur Y. pour l'Agence d'Information à Moscou, après vingt-huit ans de conspirations communistes, dit Constantza et, pour prononcer sa réplique finale, va se placer devant la mosaïque de la conquête spatiale, qui tombe en ruine jour après jour et de manière intensive : en somme, se lamente-t-elle comme une pleureuse professionnelle, l'article du *Journal libre* nous dit que, du point de vue du protocole international, Iouri Alekseïevitch Gagarine n'est pas le premier homme dans l'espace !

Quelle déception, te dit Constantza en t'adressant un regard plein de dramatisme et tu aperçois dans la profondeur bleuâtre de ses deux yeux gris la lueur de la victoire. Elle revient à tes côtés et s'effondre sur le banc, épuisée par sa prestation intense. Tu lui arraches des mains *Le Journal libre* et tu t'imbibes de chaque mot de l'article, jusqu'à la dernière tache d'encre. Ça devient de plus en plus évident : Iouri Gagarine n'est pas le premier homme dans l'espace, au moins du point de vue du protocole international, et ton amie éternelle cherche à compromettre tes missions.

La vie sans briques de lait

La démocratie a explosé, te dit non sans ironie la petite radio beige, modèle soviétique, obtenue non sans user de relations, directement de Тополовград il y a quelques siècles, au moins. Tu tâches de l'ignorer, pendant que ton cerveau te bombarde de visions de choc, de pluie de bolides qui se déverse librement sur toi et sur toute ta famille proche et lointaine, de manière réussie et très démocratique; des tremblements, des fissures et des fracturations surviennent d'un coup, et de violentes secousses du globe terrestre se mêlent à la cocotte sous pression de ta grand-mère en train de déferler dans un tourbillon de vapeur brûlante. De plus la nouvelle est confirmée le soir lors d'une consommation de petits choux, et encore redite le lendemain au cours de la récréation. Tu décides que cette fois tu ne vas pas paniquer, que tu dois t'habituer, les phrases sont de nature cyclique, elles reviennent, sans que cette récurrence les rende plus claires. En attendant de soutirer une interprétation plus concrète à « la démocratie explosée », tu observes le quotidien, et un élément primordial surgit du lot avec éclat : tu n'as pas eu de cadeau, ni pour ton anniversaire, ni pour ta fête, et aucune autre compensation pour ta bonne conduite de cette année. Tu essayes de te renseigner auprès de ton entourage, et par la même occasion d'alarmer vivement ta famille au sujet de cet immense quiproquo. Personne ne sait quoi dire : ta mère allume quatre cigarettes tout en explosant en larmes qu'elle n'essaye même plus de cacher et ton père te tend un bout de pain sec en guise d'explication. Ton grand-père vrai communiste déprimé est le seul à comprendre la gravité de la situation et t'invite à boire un Coop-Cola, que tu croyais disparu du marché depuis la chute du mur. Après t'avoir versé plus de la moitié de la bouteille d'un litre, il se lance : avant c'était tes parents qui se chargeaient de la mission des cadeaux, mais là ça sera compliqué à cause du nouveau système capitaliste pourri à la racine, qui a causé l'inflation – nouvelle expression inconnue, ni russe ni américaine. Il te dit que c'est un peu comme avec les tickets de briques de lait, mais en pire : c'est comme si, tout d'un coup, mille tickets en valaient un seul. Le seul moyen de conserver ses briques de lait aurait été de les échanger contre des dollars, dit ton grand-père vrai communiste, hélas personne ne le savait sauf quelques anciens nomenklaturistes – des faux communistes, te dit ton vrai grand-père. Aujourd'hui c'est trop tard : après vingt ans d'économies minutieuses, ta mère ne doit plus avoir que quelques dizaines de briques de lait sur son compte bancaire, te dit ton grand-père après avoir fait un calcul très illustré dans son vieux carnet. Ainsi tu es face à l'évidence : la situation a brutalement changé et tu dois poursuivre ta route dans un monde sans cadeaux, et avec seulement quelques briques de lait pour l'affronter.

Copie conforme de la réalité

Une autre révélation éclate comme un tonnerre en ciel dégagé : le sapin dans l'allée des Cosmonautes n'est pas celui que Iouri a planté en personne, directement avec ses mains, celui sur la photo suspendue dans le petit musée de l'école. Celui de Iouri, le vrai, n'a pas survécu au changement de milieu, les racines n'ont pas pris, le sapin a péri et il a été remplacé, te dit ta mère en craquant nerveusement ses doigts. Le sapin autour duquel tu as vécu tant d'exploits et punitions variées est en fait un figurant, une doublure, une copie conforme, c'est de la poudre aux yeux. C'est un mensonge.

Pour te remonter le moral, ta mère sort d'un placard de plus en plus facile d'accès un cadeau prévu pour Noël : c'est un vrai Lego, envoyé par ton oncle directement des États-Unis. À en juger par l'image sur la boîte, une maison et un faux sapin devant, ainsi qu'un petit bonhomme avec une bosse jaune et cylindrique à la place des cheveux, et un sourire terriblement heureux, sont à assembler. Tu l'ouvres et tu sors les pièces d'un plastique lisse, brillant et bien supérieur à celui de ton vieux jeu de constructeur « L'Usine de Slivnitsa ». Tu t'efforces de sourire – car ta mère a l'air complètement affolée – mais ton regard fixé sur le faux sapin dans tes mains trahit ta déception. Ta mère se rend compte de la gaffe et change à l'instant de stratégie : elle te propose une promenade dans les bois d'en face pour contempler le paysage naturel et les centaines de vrais sapins. Vous arpentez une allée toute jaunie et sans aucun sapin où une horde de bouleaux perdent méthodiquement leur floraison. Tu traînes mollement les pieds et tu médites sur la situation d'ensemble : tu as l'impression de t'être éparpillée dans une zone obscure et glissante, dépourvue de chocolats et de vraies fusées, où les communistes sont de plus en plus faux et les amies de moins en moins éternelles. Tu décides de planter ton propre sapin dans le parc de la Liberté pour te féliciter toi-même des efforts fournis jusqu'à présent, puis de changer urgemment de mission.

Récapitulation

Ton grand-père est communiste.

Constantza est une peste.

Berlin n'est pas un homme.

Iouri Gagarine a été kidnappé par des extraterrestres.

Ta mère découvre les dénonciations contre elle à la Sûreté intérieure, pour des activités dissidentes au sein d'une radio illégale.

Les voisins disparus étaient deux intellectuels anarchistes, déportés à la Rive ensoleillée, dont ils ne sont jamais revenus.

Ta grand-mère croit en Dieu.

La Marine nationale a fait faillite.

Ton indestructible bâtard Joki ne sera jamais un cosmonaute.

Ton grand cousin Andreï est un voyou.

Ton oncle a été un espion à la solde du gouvernement communiste.

Constantza est ta peste éternelle que tu aimes plus que tout au monde.

Iouri Gagarine est un Soviétique.

Toi, tu n'y es pour rien, car seuls les enfants sont innocents, te dit un homme à la télévision.

La démocratie a explosé.

DEUXIÈME PARTIE

Smells like teen spirit

C'est la Transition démocratique et tu peux capter la nouvelle chaîne MTV grâce à un câble clandestinement branché à la soucoupe volante sur le balcon voisin. Cette manœuvre ingénieuse te permet de te connecter avec le nouveau héros international Kurt Cobain, découverte récente que tu dois d'abord à ton grand cousin Andreï dont la lèvre supérieure est désormais couverte d'une matière délayée et peu souhaitable. Tu es d'abord dubitative : Kurt est bien moins glorieux que Iouri, il porte un pull troué aux manches d'une longueur démesurée et, tout compte fait, des cheveux très sales. De plus, il fait la gueule. Ta conquête spatiale est une saloperie de communistes de merde, tente de te convaincre ton grand cousin Andreï qui te paraît bien moins flambant sans la médaille de son bataillon et sans son uniforme de chef, mais assez étonnant dans son nouveau look de voyou pubère – identité mieux adaptée à la situation économique et aux nouveaux changements de valeurs : Iouri Gagarine est un gros loser, dit-il en adoptant une posture de bandit. En plus, Neil Armstrong n'a pas non plus

marché sur la Lune, surenchérit la petite radio beige qui
est d'un kitsch inouï : il s'agirait d'un clip tourné par un
réalisateur américain dans le but d'effarer les Soviétiques,
parvient à ajouter la petite radio beige très kitsch, juste
avant que tu l'éteignes, définitivement.

Tu tentes d'ignorer ces mauvaises ondes : au fond,
tu sais que Iouri veille toujours sur toi, quelque part,
du haut de sa galaxie d'exil, premier cosmonaute ou
pas. Mais en attendant de ses nouvelles, tu t'imbibes
de musique vive aux paroles américaines. Les clips de
Nirvana sont régulièrement diffusés et tu peux observer
Kurt apparaître, toutes les heures, énigmatique, ou franchement déprimé, parfois sur une colline lointaine,
suspendu dans le noir à un immense lampadaire éteint, à
peine visible derrière une chute d'eau artificielle, le visage
dédoublé sur un immense mur qui le défigure, ou au
fond d'un gymnase embrumé. Il est souvent entouré de
créatures obscures : de nouveau-nés qui nagent le crawl,
de pom-pom girls défoncées qui se bousculent dans ce
que ton grand cousin Andreï moustachu appelle un pogo
déchaîné, d'un chien au cou cassé, et de ce qui ressemble
à des mini-têtards hystériques qui explosent à la fin du
clip. L'atmosphère est grunge, trash, glauque et méga
cool, confirme ton grand cousin Andreï qui s'imagine
squatter ta télévision clandestinement câblée pendant
quelques siècles, au moins. Pendant tout ce temps, Kurt
ne cesse de hurler, et si fort que tu commences sérieusement à t'inquiéter de l'état de ses amygdales. Tu vois

rarement ses yeux, cachés sous un amoncellement de mèches humides et collantes, mais tu devines un regard ténébreux, et très absent dans l'ensemble. Après réflexion, tu annonces à ton grand cousin Andreï moustachu et bientôt furax, qu'il est temps de s'en aller.

Les intérêts individuels

Tu souhaiterais partager la découverte du grunge avec Constantza, mais vos affinités dans le domaine musical divergent de plus en plus : elle a choisi de se replier sur des tubes disco franchement dépourvus de puissance artistique. Tu apprends cela un jour, alors que ta mère t'envoie lui acheter des cigarettes. Tu sors dans la rue, actuellement transformée en flaque. La neige devient boue. Quelques pataugeages encore et tu es appelée par le fantôme de Kurt qui te regarde avec bienveillance, quoiqu'un peu paumé, du haut d'une immense affiche couvrant la vitre de l'épicerie Soleil – qui n'est plus un magasin de matelas, mais une boutique de cassettes piratées. Tu ouvres la porte de la boutique d'où le son jaillit comme une armada d'oiseaux qui s'échappent enfin de leur cage. C'est *Nevermind*, un vrai chef-d'œuvre qui sera bientôt collector, te dit le vendeur en te tendant une contrefaçon de l'album qui traîne au milieu des badges, des T-shirts déchirés et des affiches fabriquées par la maison. La pochette de *Nevermind*, en noir et blanc, comporte uniquement le titre et la liste des chansons et cela ne fait pas du tout envie. Mais le temps que dure ton hésitation, l'esprit de Kurt s'est définitivement emparé de toi, et tu achètes l'album avec l'argent pour les cigarettes. Tu sais que cette fois tu risques gros : ta mère a tendance à redoubler d'agitation quand on la prive de quoi fumer. C'est là que tu vois Constantza, en train de s'émerveiller devant la pochette imprimée maison de *Summer Hits '94* qu'elle se décide à acheter. Elle ajoute aussi le T-shirt d'un groupe de garçons resplendissants et avec beaucoup de gel dans les cheveux. Tu es dégoûtée. Tu aimerais la prendre par le bras et l'entraîner près des enceintes dans un pogo magique, qui la convaincrait du faux pas qu'elle est en train de commettre, mais rien qu'à l'idée, tes chaussures restent collées au sol. Alors tu changes de stratégie : tu te tords d'un rire moqueur en pointant du doigt le T-shirt et tu lui signifies que ses choix sont ridicules. Constantza te dévisage avec mépris, paye et s'en va sans même te dire au revoir. Maintenant c'est officiel : vous n'avez plus aucun intérêt en commun.

Kurt Cobain se tortille dans la cuisine

Tu es devant une multitude de plans très cut et flash, qui changent selon le rythme abrupt de la musique. MTV diffuse un film documentaire entièrement consacré à Nirvana. L'image est de toutes les couleurs, vives et saturées, le son prenant. Des jardins plongés sous la neige, un carrefour, des flèches en bois indiquent des destinations nouvelles, des panneaux de fast-food ou de différentes marques occidentales clignotent à profusion : c'est à Aberdeen, dans l'État de Washington, que commence l'incroyable vie de Kurt Cobain, te dit une voix inconnue, américaine et fort expressive qui s'impose sur le vacarme musical. Un garçon blond se tortille sur un cheval en bois, le regard anxieux, au milieu d'une cuisine en désordre : c'est Kurt, sombre, nerveux et très petit. Une inscription indique qu'il s'agit d'une archive familiale. La voix inconnue te précise que dès l'enfance Kurt se sent exclu de sa famille, angoissé et solitaire, et qu'il a mal au ventre en permanence. Pour appuyer ces révélations, des photos des parents de Kurt sont présentées, et ils t'apparaissent sur-le-champ comme des monstres, bien plus grands que les tiens, avec d'immenses bouches sans doute pleines d'amygdales. Kurt en revanche n'a pas l'air d'avoir gardé les siennes, à en juger par l'enrouement de ses cordes vocales qu'on entend vibrer maintenant lors d'un premier concert au collège. Hyperactif, ou franchement agité, l'adolescent Kurt est mal vu par ses professeurs, te dit la voix inconnue qui a pris un ton plus dramatique, et de plus en plus souvent il s'enferme chez lui, avec sa seule amie, la guitare électrique, te dit la voix inconnue avant de se dissoudre dans une mélodie torturée. Très influencé par le punk-rock, Kurt Cobain compose en continu, te dit la voix dans un américain flambant, et finit un jour – date qui va marquer le destin de la terre entière, s'exalte soudain la voix inconnue – par inventer le grunge.

De toute évidence Kurt est un génie. Tu décides de l'annoncer à Constantza, tu composes son numéro et tu laisses Kurt la convaincre par lui-même : tu colles directement le combiné sur les haut-parleurs de la télévision d'où surgit à pleins décibels *Smells like teen spirit*. Au bout de quelques minutes tu reprends le combiné et constates que Constantza a raccroché. Tu comprends alors que tu ne t'y es pas prise comme il faut, et tu la rappelles, mais elle ne décroche plus. Jamais. Encouragé par le rythme strident, ton indestructible bâtard Joki, ton seul ami éternel à l'heure actuelle, dévore énergiquement les claquettes de ton père resté au chômage, que tu as toujours désapprouvées. Ses mouvements, marqués par l'acharnement, par la force destructrice, évoquent ceux de Kurt, lorsque à la fin d'un concert, après avoir joué assis, puis allongé sur sa guitare, il la brise au sol avec ardeur. C'est un mouvement fatal, définitif, épique. Il contient en soi tous les tourments humains, tous les fléaux de la Terre. Kurt est si désespéré que tu es fascinée par cette attitude toute nouvelle pour toi. Ta vie se charge d'une nouvelle aspiration : devenir, comme Kurt Cobain, une célèbre et mystérieuse punk-grunge-rockeuse.

Le chameau t'emmerde

C'est la Transition démocratique et tout ton corps se métamorphose de manière désordonnée et peu accommodante. Tu commences à gonfler comme un ballon, ou comme une poire, ou comme un chameau à deux bosses, mais pas au bon endroit : tu découvres soudain que tu es lourde et poilue, et que tes deux seins sont atteints par une croissance à vitesse cosmique. Tu décides de garder pour toi ces transformations, le temps de trouver un moyen d'y adhérer : tu t'enveloppes de la tête aux pieds dans les vêtements de ton père, quatre fois plus gros que toi. Cela tombe bien car ses jeans sont déjà déchirés par endroits et tu acquiers immédiatement une allure imposante – c'est exactement le look recherché pour ta nouvelle mission. Dès lors ton style évolue. Tu déchires aussi ses T-shirts et tu marques dessus des mots cultes et des phrases existentielles, Nirvana, mort aux hippies, la vie est un trou noir, le chameau t'emmerde, et tu couvres ton sac d'épingles à nourrice. Enfin, tu détaches la chaîne de la chasse d'eau et tu l'accroches sur le côté du pantalon, en signe de désobéissance, ce qui

LES COSMONAUTES NE FONT QUE PASSER

lance, d'une part une nouvelle mode dans ton collège, et d'autre part un problème sanitaire dans le quartier.

Mais ce n'est pas tout. Tu as changé de coiffure : une petite crête se dresse fièrement, plus au moins au milieu de ta tête, et tu la sculptes quotidiennement à l'aide du miel que ta grand-mère croyante a rapporté avec beaucoup d'amour, directement de son village. Ce n'est pas la coupe de Kurt, mais cela fait tout autant peur à ton entourage : ta mère, apprenant ces changements, prend une expression aussi équivoque qu'au moment de la chute du mur de Berlin et rouge, haletante, dépassée, elle allume trois cigarettes et va faire la gueule sur la place en face de chez vous. C'est là qu'une merveilleuse idée te vient à l'esprit. Tu te rappelles ce qu'avait prédit pour toi le phénomène paranormal Vanga, valeur sûre selon ta mère : une formidable carrière de cantatrice, ce dont ta famille a été très fière pendant des années. Tu sens qu'il est temps de rendre tout le monde heureux, enfin. Ta mission se précise : devenir une célèbre et mystérieuse punk, en fondant ton propre groupe de grunge. Maintenant que ton look est au top, tu es prête à attaquer la première étape de ta nouvelle mission spéciale : apprendre à chanter.

Tu ne partageras pas tout de suite la nouvelle avec ton grand-père communiste désespéré : la vie lui est suffisamment noire ainsi. En revanche tu te plais à imaginer la réaction de Constantza, alors qu'elle serait simplement sortie faire une course, te voyant par hasard en plein concert avec ta future bande, en train de chanter des phrases remarquables en langues inconnues, quelque part, sur la scène du collège, près du monument de l'Amitié bulgaro-soviétique ou de la fusée derrière l'immeuble. Tu es sûre qu'elle regrettera de t'avoir raccroché au nez.

La nouvelle galaxie Mutra

C'est la Transition démocratique, tout est cher et tout le monde très pauvre. Tu remarques parfois les signes d'une richesse qui t'éblouit par éclats, tels de petits cailloux de toutes les couleurs ressortant dans la mosaïque d'ensemble, de plus en plus grise. Par exemple, la fille de madame la directrice a un chauffeur, alors qu'avec tes camarades de classe vous parvenez au collège par des voies incertaines : le seul bus qui dessert la station Gagarine date du premier vol spatial – dont la date a été remise en question – et tombe souvent en panne. Il faut donc aimer la marche en terrain difficile car les rues se décomposent sans cesse. Il y a une certaine cohérence : la fille de la directrice aurait beaucoup de mal à se déplacer à pied avec ses chaussures de marques étrangères dont les talons t'arrivent à la moitié du tibia. Elle souffre suffisamment pour atteindre le bureau de change où vendre ses dollars, à chaque fois que l'envie lui prend d'une banitza ou d'un paquet de Marlboro, et cela ressemble à une vraie expérience héroïque.

Autour de toi les gens changent et tu ne vois plus jamais le sourire radieux de Iouri : l'ordre du jour est de ne pas sourire du tout et de se donner des airs intimidants. Les hommes deviennent comme des armoires ou comme des arbres mais sans la couronne ou comme des robots peu mobiles à la suite des entraînements physiques qu'ils s'infligent pour être forts, ou au moins gonflés. Certains ressemblent à des mutras – des individus peu avenants qui pratiquent l'escroquerie, le chantage et la violence au quotidien – et d'autres le deviennent vraiment : ils portent des chaînes en or, ils roulent en 4 × 4, ils sont méchants. Ils possèdent des dollars, des vraies Nike, et surtout des vraies armes, qu'ils utilisent s'il le faut, ce qui est a priori de plus en plus le cas. La fille de la directrice s'est fiancée à un mutra, ce qui fait d'elle une mutresse. De ton côté tu n'as aucune place dans ce nouveau système ni aucune intention de l'intégrer. Comme Kurt tu t'isoles de tous, chez toi, où, grâce à MTV, tu te refais un monde, une autre galaxie, peuplée de Spice Girls, de punks à crête, de gangsters qui se trémoussent sur des voitures sans toit, de skaters qui survolent les rues comme si de rien n'était et de jeunes suicidaires qui prient dans des pièces jonchées de bougies : ils sont bien plus sympathiques que les habitants de ta réalité en voie de dégradation.

La robe de Constantza brille
en plein brouillard

Ton grand cousin Andreï voyou affiche publiquement ses aspirations au banditisme. Il se met à coincer les plus petits du collège dans les buissons de l'allée des Cosmonautes, dans les couloirs, derrière les pots de ficus et, paraît-il, dans les toilettes, pour leur faire les poches et leur enlever leurs vraies baskets Nike, qu'il vend on ne sait où. Et pour mieux travailler à sa nouvelle image glorieuse, il commence à se battre, à voler de l'alcool de prune au magasin en face du collège, qu'il boit directement à la bouteille, puis à menacer ouvertement certains professeurs du genre féminin de terribles perspectives, si elles continuent à le noter en dessous de la moyenne. Tout le monde a peur dans l'ensemble, sauf toi, et Constantza qui paraît de plus en plus impressionnée par ces nouvelles démonstrations. Tous deux développent une complicité qui te déplaît profondément : tu te sens exclue.

Après les cours, Constantza va se promener dans le couloir où se tiennent les cours de ton grand cousin alcoolique Andreï, comme par hasard ou comme dans un défilé de mode – justement elle s'est acheté une nouvelle robe, capable de garder sa luminescence même quand il pleut. Il fait beau. Elle feint d'écouter son Walkman d'où piaulent les voix des garçons aux coiffures fantastiques, afin de masquer ce qu'elle fait réellement : guetter. De son côté Andreï, vêtu du sweat de marque occidentale qu'il a enlevé à un petit collégien spécialement pour l'occasion, fait d'abord mine d'être déçu de voir Constantza briller devant la porte, et se lance vite dans une cascade délicate : casser une vitre avec sa jambe gauche, tout en se soulevant d'un seul bras au rebord de la porte et en buvant la bouteille de prune qu'il tient dans son autre main. Une jeune professeure débarque, alarmée par le bruit de la casse, puis perd immédiatement la rougeur de ses joues à la découverte de ton grand cousin voyou Andreï, et disparaît comme si de rien n'était. Andreï adresse un clin d'œil à Constantza dont la brillance de la robe triple soudainement. S'ensuivent un tas de rigolades sans fond, de bousculades, de coups de pied, de pincements et d'autres activités désordonnées, et parfois inconnues, auxquelles tu n'es pas invitée à participer, dont une te saute aux yeux comme le fantôme impertinent d'un passé oublié : un baiser hâtif sur la bouche.

Les Kung-Fu Ninjas
attaqueront à l'aube

Décidément, la relation entre Constantza et toi se dégrade dangereusement. Elle ne te poursuit plus jusqu'au bout de la terre et tu constates que rentrer sans ton amie tous les jours n'est en rien un avantage : tu affrontes seule les obstacles routiers, les poteaux électriques volants, les trous dans le bitume qui mènent directement à l'Enfer, les balcons entiers qui te bombardent et la vue de la maison en ruine des voisins disparus qui te pétrifie en une pause crénelée et peu confortable. La solitude t'envahit. Tu dois regagner l'attention de Constantza et, connaissant son engouement pour les actions spectaculaires, tu décides de t'entraîner à la maison et acquérir les techniques nécessaires pour pouvoir l'épater. La mission est d'une complexité supérieure, d'autant que ton grand cousin voyou Andreï a mis la barre beaucoup trop haut. Tu entames une recherche sur les arts martiaux en consultant les cassettes VHS que ton père vient de cacher dans le placard difficile d'accès : *Les Dix Tigres de Shaolin*, *Dragon d'outre-tombe*, *Les Kung-Fu Ninjas attaqueront à l'aube* est la sélection du jour. Tu les regardes dans l'ordre une première fois : des hommes en habits extravagants font des grimaces et grondent en langues étrangères, tournent en rond comme pour effectuer un rituel de voyance ou comme ton indestructible bâtard Joki quand il voit un chat pour la première fois, puis s'affrontent violemment avec des armes d'une longueur qui te paraît démesurée. Après un deuxième visionnage plus détaillé tu commences à apprécier ce qui est en jeu et à repérer les héros : ils défoncent avec élégance des hordes de barbus en dansant sur la pointe des pieds, parfois sans même se servir d'armes. Cela t'arrange car tu n'es pas sûre de pouvoir soustraire le rouleau à pâtisserie à ta grand-mère dont elle se sert de plus en plus souvent depuis la trouvaille d'un stock de farine dans son village. Tu mets en pause la lecture à chaque fois qu'un mouvement te marque et tu essayes de le reproduire avec beaucoup d'investissement vocal, sous le regard émerveillé de ton indestructible bâtard Joki. Après un mois d'entraîne-ments assidus, tu es prête à réaliser ta mission.

Un jour entre deux cours tu profites d'un rassem-blement très enfumé dans les toilettes, auquel assiste Constantza, pour exécuter ton coup. Tu choisis au hasard une des filles attroupées autour du seul lavabo fonctionnel, et tu décides de lui enlever des pieds, d'un geste précis et immémorial, ses claquettes, faute de vraies Nike, et de les offrir à Constantza pour couronner le numéro. Sans perdre de temps tu secoues la fille et tu te mets à :

a) lui brailler dans les oreilles des mots en japonais,
b) agiter très vite tes bras comme des essuie-glaces qui balayeraient en directions multiples,
c) marcher en rond autour d'elle sur la pointe des pieds – mouvement directement piqué à Bruce Lee dans *La Fureur de vaincre*,

idée qui s'avère être mauvaise car :

a) elle est plus grande que toi et
b) détient un sac de sport

qui s'écrase sur ton visage et t'apprend que ton nez peut être un endroit sensible. Par conséquent ta figure vire à l'écarlate, ton rythme cardiaque atteint celui de Iouri au moment où son Vostok s'enflamme et ton béret de l'époque de la Résistance est projeté pile dans le trou des toilettes à la turque. La fille inconnue en revanche n'a pratiquement pas bougé et te dit très calmement qu'elle s'en va rapporter cet incident à la directrice à la jupe immense, puis elle s'en va en effet, suivie de toutes les filles extasiées par sa réaction héroïque. Seule Constantza reste et te dévisage sans bien comprendre. Après un moment un peu flou, tu reprends tes esprits et pour rattraper la situation, tu lui exposes ta désapprobation politique et idéologique à la tendance de porter des claquettes, quel que soit le contexte social ou météorologique. Malgré la rigueur de tes propos, tu es trahie par une expression peu convaincante et l'état déplorable de ta crête qui ne tient pas très bien le coup. Par un geste déraisonnablement tendre, Constantza essaye tant bien que mal de la rajuster, et te palpe la tête – mais aussi une partie du cou derrière l'oreille droite –, ce qui provoque une paralysie intégrale et immédiate de tout ton corps. Soudain une nouvelle agitation t'anime, foisonne et s'affole comme un geyser, ou comme une Cocotte sous pression, et après un long processus interne et très inconnu parvient à se manifester sous forme de joie, de stupéfaction, et finalement de panique évidente. Haletante, tu attrapes la main de Constantza par le poignet, et dans le chaos improbable que tu viens de créer, tu lui déclares que tu n'as pas à te justifier de ta courageuse embuscade, certes échouée, auprès d'une fille comme elle, dont le seul but dans la vie est de s'habiller en loukoum vert. Les mots atteignent leur objectif : Constantza est profondément vexée et retire sa main de ta crête qui s'effondre d'un coup définitif. Tu n'as qu'à rejoindre ton cousin Andreï car tu n'es qu'une voyoue comme lui, te dit Constantza avant de disparaître dans une tornade de voiles brillantes.

La vie est un trou noir

Maintenant c'est officiel : Kurt Cobain vient de se suicider. Ou alors c'est un accident, un meurtre, un complot, rien n'est clair sur MTV ces derniers jours. Les hypothèses surgissent de tous les côtés, s'entrechoquent, se contredisent, s'annulent, les pistes sont complètement brouillées :

a) Kurt s'est enfermé à la maison avec un fusil, dit Courtney Love.

b) Il n'avait pas un comportement autodestructeur, dit le manager de Nirvana.

c) La lettre d'adieu de Kurt Cobain n'est pas écrite uniquement par lui, dit un expert en écriture.

d) Le bras de Kurt aurait été trop court pour qu'il puisse appuyer sur la détente, dit le détective privé Tom Grant.

e) Il a été kidnappé par des extraterrestres, dit le phénomène paranormal et valeur sûre selon ta mère, Vanga.

f) C'est sûr, il s'est suicidé, ce gros loser de merde, dit ton grand cousin Andreï qui n'est qu'un voyou.

Une seule thèse est irréfutable : tu viens de perdre de nouveau une idole. La vie est un trou noir, avait chanté Kurt Cobain de son vivant, et l'angoisse inouïe qui se niche dans ce constat te prend au dépourvu. Pour l'affronter, tu te replies sur une activité nouvelle : te propulser dans le vide au rythme de Nirvana, sans but précis, et atterrir sur le mur qui sépare ta chambre de celle de tes parents. C'est un pogo puissant et révolutionnaire, un pogo en solitaire que tu consacres à Kurt, c'est ton rituel d'adieu. Tu y passes des heures, des jours, des siècles au moins, et ces célébrations résonnent dans la nuit froide, font vibrer les fondations, et chantent la mémoire du génie Kurt Cobain dans tout le système solaire. En réponse, ton père, régulièrement réveillé par ces cérémonies, vient couper le son et hurler des menaces diversifiées. Tu ne le laisses pas profaner les morts et tu décides de poursuivre ton rituel pendant les semaines suivantes. C'est ainsi qu'un jeu est né : dès que ton père se couche, tu mets Nirvana à fond et il réapparaît parmi les réveillés, il énumère quelques avertissements dans le vide, il baisse le son, il coupe le magnétophone, il débranche le câble, il enlève la multiprise, il mélange les cartons de tes cassettes, et pour finir, il cache le plomb correspondant sur le panneau électrique ce qui prive d'électricité tout le secteur. Mais lorsque tu refais ce chemin à l'envers, il te faut peu de temps pour monter le son à fond de nouveau

et te propulser sur le mur, ce qui donne la possibilité à
ton père furax de s'exprimer encore comme il l'entend.

Tu soupçonnes qu'au fond c'est pour lui une manière
de se défouler : il a récemment appris qu'il était au
chômage, car la Marine nationale où il travaillait a fait
faillite, avant d'être rachetée contre une brique de lait
par un mafieux. Par conséquent, aucun navire ne circule
près de la Bulgarie et ton père ne va pas très bien. Tu te
dois de le soutenir autant que tu peux et tu lui fournis
des occasions quotidiennes pour crier sa colère.

Comment ne pas devenir Sylvie Vartan

Quelques mois plus tard, l'épicerie Soleil en bas de chez toi est devenue un magasin de robes de mariées et cela pourrait te servir dans la vie, te dit ta mère en allumant sa trente-deuxième cigarette de la journée, car tu n'es plus une enfant. Tu reluques ta mère avec méfiance, sans comprendre où elle veut en venir avec ce sourire inhabituel. Le lendemain elle te présente Grigor, le fils d'amis d'amis, au détour d'une phrase, comme elle avait fait avec Constantza il y a six ans et des météores. D'abord tu n'es guère enchantée : Grigor se tient devant toi avec un ravissement déplacé, et au lieu de se présenter comme un adulte, il se met à respirer avec hésitation, à se gratter l'oreille gauche, le tendon d'Achille et à bourdonner, un peu comme ton indestructible bâtard Joki lorsqu'il voit un aspirateur pour la première fois. Il n'a l'air ni d'un cosmonaute, ni d'un punk-rocker, en fait, il n'a l'air de rien : un fagot de cheveux informe, deux boutons sur le nez, une chemise triviale qui n'est même pas trouée, c'est tout ce qu'il y a à signaler de son côté. Tu repenses à Constantza, à ses tenues surprenantes et à ses légendes grecques sans fond, à ses grimaces qui, imperceptiblement, rendaient la vie pétillante, la remplissaient. Hélas, tu n'as plus de nouvelles depuis l'incident des toilettes. Tu l'attends pourtant des heures derrière l'immeuble, plantée comme un sapin, ou comme un phare ou comme la station spatiale internationale, en espérant qu'elle passera par là, sans aucun autre résultat qu'un terrible mal de dos. Maintenant c'est officiel : Constantza a disparu.

On veut toujours ce qu'on n'a pas, te dit ta mère en cherchant nerveusement son paquet de cigarettes dans la poche de sa veste, au fond de son sac et même dans le panier à linge sale. Elle finit par trouver une cigarette froissée sous un flacon vide de shampoing puis t'invite dans le salon et te sert un verre d'eau froide que tu n'as pas demandé. Quelque chose ne tourne pas rond, tu commences à t'alarmer. Après une longue introduction décousue, elle arrête de tergiverser pour te dire ceci : Constantza est partie rejoindre sa mère en Grèce. Cette phrase est propulsée comme la bille d'un flipper, ou comme le sac de sport qui t'a défoncé le nez, ou comme le coup de fusil que Kurt Cobain n'a jamais utilisé, ou comme le coucou d'une horloge murale. C'est ainsi, te dit ta mère en astiquant ton front, à la suite de l'ouverture des frontières et de la nouvelle vague d'émigration, te dit ta mère d'un air scientifique, ce départ est de nature définitive : Constantza continuera le collège là-bas. Tout le monde était au courant sauf toi et tu es furieuse d'apprendre ce nouveau complot qui vient gâcher définitivement ta journée, mais pas que. Tu prends une longue inspiration et tu plonges dans un silence têtu qui dure quelques siècles, au moins, à la suite de quoi tes joues sont devenues violettes et tes oreilles deux fois plus grandes qu'avant. Des images terribles t'apparaissent sur-le-champ : Constantza avec ses trois médailles, gagnées aux championnats internationaux de gymnastique rythmique, de patins à glace et de natation, flotte dans une piscine de vraies Barbie et de vrais albums de Nirvana, quelque part là-bas, devant l'Acropole, pendant que tu traînes tes fausses Nike dans les rues poussiéreuses de ton quartier ennuyeux. Tu essayes de maîtriser tes émotions, tu te répètes que Constantza est une peste, qu'elle n'est pas ta sœur, ni ton amie éternelle, qu'elle n'est qu'une brioche aux pistaches trop sucrée et que tu ne l'aimes plus, mais le monde te paraît soudain triste. Une seule pensée te réconforte : tu es sûre qu'elle ne tiendra pas longtemps sans compétition et reviendra tôt ou tard te pourrir la vie de nouveau. En attendant tu projettes de te mettre à étudier le grec, au cas où elle aurait oublié le bulgare en voyageant : tu vois bien comment ça s'est passé pour Sylvie Vartan qui, après tant d'années en France, ne sait dire que *Bulgarie, je t'aime* avec un accent français. Tu espères que Constantza ne deviendra pas comme Sylvie Vartan. En attendant tu envoies à Grigor un manuel de grec pour débutants, au cas où, ainsi qu'un T-shirt troué et un album pirate de Nirvana.

La vodka nuit à la morale

C'est la Transition démocratique et de toute façon tu ne comprends rien à la physique. Il est pourtant question des principes du dynamisme des corps en chute libre, et tu tentes, en hommage à Iouri et à la chute de son mythe spatial, ainsi qu'au mur de Berlin, de donner une seconde chance à la science. Sur l'immense tableau noir délavé, il est marqué ceci :

$$h = \frac{1}{2} \, gt^2$$

Cela ne t'intéresse guère mais tu t'accroches, et tu poses des questions d'ordre analytique. On te dit qu'il n'y a rien à comprendre, que c'est une formule déjà démontrée, c'est pourquoi il faut l'apprendre par cœur : c'est comme avec les versets et les chansons communistes. Tu restes alors des heures après le cours à recopier des dizaines de fois la formule du tableau et ceci te rend littéralement malade : depuis que la Centrale d'Électricité est devenue privée les factures ont triplé et le collège ne peut plus les payer. Par conséquent, aucun chauffage ne fonctionne, personnel, professeurs et écoliers tombent méticuleusement malades. Tu réussis à survivre en dépit de la situation économique, et même à percer les mystères de la nature et leur traduction scientifique. Tu réponds à toutes les interros surprises, mais à la fin du trimestre ta note demeure toujours aussi décevante. Tu te décides enfin à demander pourquoi, et tu es invitée dans le bureau sombre de ton professeur russe et alcoolique, qui n'a pas l'air de te vouloir du bien. Il te dit que :

a) tu ne comprends rien à la science,
b) ta désorganisation et ton manque de discipline sont un cataclysme qu'aucune formule physique ne pourrait expliquer,
c) tu oses te ramener en cours avec tes vêtements misérables, et ta crête ridicule qui n'est même pas centrée.

Tu baisses les yeux : tu sais qu'en somme il a raison. Il rappelle en outre l'accident avec les claquettes dans les toilettes et le traumatisme profond que tu as infligé à cette pauvre collégienne, qui ne fut pas sans se répandre dans le quartier et salir l'image de votre collège, déjà pas très brillante à la base, précise ton professeur russe et alcoolique en ajustant son vieux pardessus. Tu te grattes longuement le nez, tout froid à cause de la situation économique, et tu commences à te sentir comme une miette, ou comme une plante, ou comme une poussière, et tu rêves de te fondre dans le paysage vieillot du cabinet de physique et, vivement, de disparaître. C'est là que la voix de ton professeur russe et alcoolique perd d'un coup son hostilité et, après un demi-sourire, les gigantesques poches sous ses yeux remuent avec difficulté et laissent deviner une humeur plus favorable et un très mauvais état du foie. Il t'apprend qu'il y aurait une issue à ta situation compliquée, à condition d'accomplir une mission très facile : lui procurer un portefeuille en cuir, te demande ton professeur, avec un naturel gênant. Tu ne sais que dire, tu te demandes s'il s'agit d'un rituel dont tu ignores le but, mais la phrase est aussitôt répétée, sans autres explications. Tu es d'abord tétanisée par le regard sévère de ton professeur alcoolique, puis tu te lèves et tu cours dehors, en réussissant à lui claquer la porte au nez, et tu t'écroules sur le lino. Ton grand cousin voyou Andreï interrompt ses activités, qui consistent à casser une petite fenêtre pas loin de là, et te reluque avec curiosité. Après quelques minutes embrouillées, tu conclus que tu as bien fait de résister à cette force insistante : tu préfères avoir une mauvaise note en physique et une bonne opinion de toi. Ton grand cousin Andreï n'en revient pas quand tu lui racontes et même il te promet de lui casser la gueule à cette ordure de soviet corrompu. Le lendemain, tu vois dans le sac entrouvert de ton grand cousin lâcheur Andreï un portefeuille en cuir.

Staline doit se retourner dans sa tombe

Ton indestructible bâtard Joki est aussi un chanteur. Ses talents extraordinaires se révèlent un matin lorsque tu mets un tube de Nirvana et chantonnes dans un anglais nouveau, par-dessus la voix de Kurt. Comme s'il montait sur la scène de la Scala de Milan, Joki s'installe gracieusement à tes côtés et amorce un jappement qui suit parfaitement le rythme de la chanson. Plus elle progresse, plus Joki s'investit émotionnellement et artistiquement dans sa prestation. Tu es impressionnée et tu décides de l'inclure dans les répétitions à venir. À partir de ce jour vous imitez du matin au soir Kurt lors du refrain de *Stay Away*, moment que tu juges exigeant d'un point de vue pédagogique, considérant les changements d'octaves et l'intensité vocale qu'il requiert.

Tes parents finissent par craquer. Ton père resté au chômage que votre dernière répétition réveille se met à déclamer des menaces dans ta chambre. La vie est un trou noir, est marqué sur sa poitrine : dans la précipitation du réveil, il a mis un des T-shirts déchirés et couronnés de diverses épingles et inscriptions, que tu es d'habitude la seule à porter. Ce n'est pas seulement faux, tente de t'expliquer ta mère qui s'ajoute à la symphonie des plaintes, c'est inhumain, infernal et complètement débile, et une jeune femme n'a pas à hurler comme un cochon qu'on égorge. En langue humaine et très intelligible, tu menaces de faire une scène de ménage ou même mieux, de rejoindre Constantza en Grèce si on continue de saboter tes affaires. Pour quitter le pays en tant que mineure, tu dois avoir une permission de ta mère, te dit ta mère en te soufflant encore de la fumée : ses nouvelles cigarettes de marque occidentale sont deux fois plus longues que les anciennes. Puisque tu commences à gonfler comme un ballon, ou comme une poire ou comme une bombe, ta mère te propose un compromis : t'emmener à un cours *professionnel* dans l'ancienne maison du Jeune Révolutionnaire qui fonctionne encore malgré la crise économique, et l'émigration massive de professeurs de musique vers les pays de l'opéra et de la chanson.

Ton premier cours de chant ne se passe pas vraiment bien car tu n'as plus beaucoup de voix, à force de jouer au karaoké à la maison, explique ta mère à une jeune professeure rougissante. Tu continues de produire des sons curieux et pas très beaux tout compte fait, dont la moitié reste coincée quelque part entre ton gosier et tes amygdales enlevées. La jeune professeure rougissante ne dit rien : elle n'a aucune envie de contredire la voyante

Vanga, phénomène national paranormal et référence sûre. On s'accroche. Après t'avoir invitée à reproduire la gamme de *do* majeur, une symphonie de Stravinsky est vite profanée ; Chostakovitch subira le même sort – Staline doit se retourner dans sa tombe, dit ta mère en ricanant encore. Cela ne t'empêche pas de régler leurs comptes aussi à quelques arias italiennes, à l'hymne de Bulgarie et au dernier gros tube de Take That qui dans ta version sonne comme un crissement de fourchette sur de la porcelaine soviétique. Il nous faudra revenir à la source, dit ta professeure qui te met un manuel de solfège entre les mains et te conseille de revenir dans un an, cela va sans doute s'arranger. Malgré la condescendance qu'on te manifeste, tu ne désespères pas : il suffit de connaître deux notes pour pouvoir composer, a dit Kurt avant de se suicider ou pas. Tu sais que cela ne sera pas simple, mais c'est ainsi : la vie est un trou noir, et il faut s'y adapter. C'est là que tu te rappelles un élément intéressant de la conversation avec Grigor : il sait jouer de la guitare.

Comme un chacal affamé

Le club Espoirs olympiques a été définitivement fermé faute de financement et cela constitue un pas en arrière pour la réussite sportive bulgare, et un pas en avant pour la mafia : elle peut désormais recruter tous ces lutteurs, maîtres nageurs et tireurs au chômage, n'ayant plus le niveau pour être champions sur le stade, mais brillants dans la rue. Lutteur veut désormais dire mutra. Ton grand cousin Andreï n'en est plus à déchausser des collégiens de leurs vraies Nike, il s'est recyclé dans le vol de vraies voitures et le trafic de stupéfiants, dont le marché évolue à merveille sur la zone du collège, mais pas que. Il est devenu très populaire : un essaim de petits skaters le guettent dès qu'il traverse la cour et le couvrent de regards voluptueux lorsqu'il leur file ce qui ressemble à des mini-détritus de papier froissé. Il passe beaucoup de temps dans la salle de sport et a adopté un comportement étonnant : courir dans l'allée des Cosmonautes comme un fou, ou comme ton indestructible chanteur Joki lorsqu'il a vu la neige pour la première fois, et avaler trois fois plus de soupe aux petits choux, alors que personne ne le lui a demandé. Au bout de quelques mois il parvient à ressembler à un lutteur, et a priori à le devenir. Il a même fondé, avec le beau-fils de madame la directrice à la jupe immense, une société d'assurance ou d'arnaque, tu n'es pas sûre de saisir la différence. Ensemble ils menacent les commerçants du quartier de terribles perspectives s'ils n'assurent pas leur boutique auprès d'eux; ils brûlent les voitures et anéantissent les appartements de ceux qui osent résister. Madame la directrice à la jupe immense fait appel à leurs services dès que le moindre problème survient au collège: intimider le jeune professeur de littérature qui ose traiter ses méthodes de corrompues, ou calmer l'émeute de collégiens qui ne veulent plus entrer en cours pour protester contre le licenciement dudit professeur.

Tu fais partie de ces collégiens. Tu tiens à ton professeur de littérature, tu ne veux pas t'en séparer, c'est l'homme le plus sage sur terre, c'est un héros réel et, pour le moment, vivant. Tu te révoltes, avec toute la classe qui, silencieuse, s'est plantée devant la salle avec un sentiment d'apothéose. C'est là que les deux mutras du collège entrent en jeu: ils s'avancent comme des chacals affamés, délicatement et sans précipitation, leurs pieds embrassent la mosaïque grise, d'abord le talon puis les orteils, bien ancrés dans le sol ils reniflent, ils se faufilent, ils reluquent. Ils font une performance. Le fils de la directrice se charge d'un garçon du groupe: ses idées changent rapidement à la suite d'un coup de tête, sûr et concis, qu'aucun boxeur n'aurait mieux réussi. Ton grand cousin Andreï se sert finement de son savoir-faire, il propose de petits détritus en promotion, et même gratuitement, c'est que du bénef, dit-il d'un ton anormalement amical, à condition d'aller en cours sans faire plus d'histoires, dit ton grand cousin mutra tout bas en ouvrant grand ses narines de carnivore. Le groupe s'égrène, toujours sans mot dire, et sans un regard, se glisse docilement dans la salle poussiéreuse et se couche, vaincu et humilié. La première grève de ta vie est souillée en moins de cinq minutes. Ton professeur de littérature, honnête, jeune et encore passionné, est viré sans raison, et sans espoir de retour. Madame la directrice est vraiment fière d'Andreï et soulagée de pouvoir compter sur lui une fois de plus. Elle lui remet un diplôme de bac mention très bien, même s'il est toujours en première.

Lieu secret magique numéro 2

C'est la Transition démocratique et on vous a volé le hall de l'immeuble. Tu apprends cela lors d'un repérage pour votre futur clip. Tu es à la recherche d'un décor glauque, lugubre et mystique, où tu pourras installer ton matériel : des bougies, des masques traditionnels de monstres que ta grand-mère t'a directement rapportés du village avec beaucoup d'amour, ainsi que de la peinture rouge pour redonner à l'esthétique filmique un peu de cruauté. Tu penses tout de suite à la pièce humide, au fond du hall de l'immeuble, souvent investie par toi et Constantza, et que vous nommiez autrefois :

LSM n° 2
Lieu secret magique numéro 2.

Lorsque tu ouvres la porte pour entrer dans la pièce, tu butes contre une cloison qui semble fraîchement bâtie. Tu te retournes et tu vois deux mutras peu avenants défoncer le mur extérieur du LSM2 qui donne sur la rue, ce même mur qui a caché tant d'exploits héroïques dans le passé. Une pancarte posée au sol annonce : La Première Banque privée. Cela appartenait pourtant à tous les voisins, à en juger par leur acharnement unanime lorsque avec Constantza vous foutiez un peu le bordel. Cette fois personne ne semble s'être manifesté.

Ta mère n'en revient pas lorsque tu le lui racontes. Soudain frénétique, elle sort sur le balcon et balance quelques briques de lait, qui de toute manière commençaient à fermenter dans le placard très facile d'accès. Pour masquer les bruits des travaux et essayer de détendre ta mère, tu mets la radio *Musique non stop* d'où un nouveau tube bulgare jaillit à pleine force : ce sont Doni et Momtchil, que tu méprises pour ne pas être assez grunge. Ils ont entamé la campagne *anti-mafia* : Bulgares, réveillons-nous et disons Non à la peur, répète la petite radio beige modèle soviétique, refrain qui aspire ta mère comme un vortex, ou comme un aimant, ou comme un piège à rats, et elle vient chanter dans ton oreille. Ta thérapie réussit : Non à la mafia, hurle ta mère et elle rallume un vieux mégot du cendrier, puis va téléphoner à quelqu'un dans le salon. On va voir cette affaire, continue-t-elle à hurler dans le couloir cette fois, et tu t'aperçois qu'elle est rouge, déterminée, possédée et encore plus effrayante que les masques traditionnels de ta grand-mère. Elle enfile sa doudoune qui ne l'a jamais lâchée depuis l'adolescence et qui l'avale de la tête aux pieds tel un cocon de ver à soie : il devient assez clair qu'elle s'apprête à sortir. Encouragée par cette nouvelle dynamique, tu enfiles aussi ton uniforme inquiétant, mais personne ne t'a proposé, voire autorisée à venir, dit ta mère, dont le mégot commence à brûler la lèvre supérieure. Tu te replies alors sur un poste d'espionnage, à l'arrière de l'immeuble, où un conduit d'air résiste encore aux changements architecturaux. D'un coup les machines s'arrêtent et tu entrevois à travers le conduit les immenses mutras dégoulinants de sueur baisser les yeux vers un petit cocon fumant et agité – ta mère, sans faire de détours, tape ouvertement un scandale. Le monologue s'estompe dans un ricanement de plus en plus vif et cesse définitivement en plein milieu d'une phrase. Votre fille a treize ans, c'est bien ça? Ou plutôt quatorze? dit soudain le mutra moins dégoulinant, en faisant tournoyer à son doigt une chaîne en or : de toute évidence il se croit dans *Le Parrain 3*. La doudoune fumante est furieuse à la suite de cette menace qui lui est indirectement adressée, et brandit son deuxième atout : les flics sont en chemin. Cette phrase est appuyée par l'arrivée spectaculaire de deux policiers qui, après une entrée sans précédent dans aucun film américain ou japonais, commencent subitement à se marcher dessus, à bégayer et à trembloter comme des pingouins téléguidés en panne de batterie. Bonjour, mon commandant, excusez-nous, on n'a pas fait le lien avec l'adresse, dit le premier flic en regardant le mutra, qui est également le chef du commissariat. Un silence s'instaure, et il te paraît d'une durée au-dessus du supportable. La doudoune fumante dévisage tour à tour chacun des mutras-policiers, puis, horrifiée, recule doucement, et disparaît derrière le mur effondré.

Quelques minutes plus tard tu la retrouves pleurnichant dans la cuisine, sur le rythme du *Non à la peur* qu'on diffuse comme un jingle.

Tu t'enfermes dans ta chambre. Tu as besoin de raconter cela à Constantza. Le trou noir devient profond, c'est une gangrène qui s'implante inexorablement, et avec elle toi aussi, tu t'enfonces et ce n'est pas du tout héroïque, ce n'est même pas agréable. Tu te dois de la tenir au courant. Tu décides de rompre le silence, mais cela s'avère bien plus compliqué que tu ne le crois : à chaque fois que tu entames l'écriture de ta première phrase, toute ta main, ton bras et ton épaule droits se pétrifient, et leur poids triple de sorte que tu ne peux pas les soulever. Tu bloques bêtement sur la feuille blanche que le stylo transperce, écrasé par la charge du corps. Pour te débloquer, tu dois te lever de ta chaise et te dégourdir les membres, ou carrément te mettre à l'envers, ce qui rend ton écriture assez peu lisible. Tu sais que Constantza ne la comprendra pas – elle avait déjà des difficultés pour lire les écritures manuscrites quand elle était en première année d'école – alors tu déchires systématiquement tes brouillons avant-gardistes. Avant de réussir à correspondre avec Constantza, tu dois apprendre à écrire avec ton autre main, qui ne connaîtra probablement pas les mêmes handicaps. En attendant tu transmets en direct tes nouvelles à Grigor, qui n'est pas encore devenu mutra, ce dont tu es ravie.

Un pogo avec un soldat soviétique

C'est une date historique. On a inauguré le premier McDonald en Bulgarie, boulangerie ou épicerie américaine, qui est hyper cool, te dit Grigor surexcité. Il allume la télévision sur les infos de midi où on diffuse l'événement en direct. Des gens de tout âge et de tout genre ont entouré un immense clown hideux, et attachent des ballons sur son corps en plastique. Pour être présents des lycéens ont séché les cours, te dit une voix inconnue, et dévorent à présent des sandwichs dégoulinant de gras qu'on montre longtemps en gros plan. Des frites qui flottent dans de la mayonnaise, des gobelets de vrai Coca-Cola qui te paraissent d'un volume au-dessus du nécessaire, et ce que Grigor appelle des petites bites et chattes panées sont aussi au programme.

Quelques secondes plus tard vous êtes dans le bus qui date du premier vol spatial et qui vous mène droit vers le clown hideux. Deux des amis de Grigor se sont joints à cette aventure et ils t'intriguent, de par les dimensions imposantes de leurs crêtes, bien plus colorées que la tienne. En plus ils ont des vestes en faux cuir couvertes de badges et des jeans effilochés qui n'ont même plus de genoux, sans doute du fait de multiples concerts mouvementés ou de bagarres historiques. L'un des deux s'appuie sur l'épaule de Grigor et laisse apparaître un bracelet de force et deux bagues avec des têtes de mort argentées, pendant que l'autre s'assoit carrément sur le dossier d'un siège sous le regard affecté d'une vieille dame. Tu imites leurs comportements, en t'enfonçant dans ton siège troué où tu pourras, par la même occasion, déchirer encore un peu ta tenue, car face à eux tu te sens comme une gamine qui a enfilé le jean de son père resté au chômage. Tes angoisses s'amplifient lorsque tu vois derrière les crêtes un groupe de contrôleurs aux regards hostiles s'avancer vers vous. Cela tombe mal car étant de vrais rebelles, vous n'avez pas acheté de tickets. Vous n'avez pas de papiers non plus et pas de quoi payer une amende, sauf Grigor qui se précipite pour cacher dans son caleçon un dollar froissé, prévu pour le Big Mac Royal de ses rêves. Il est vite repéré et on vous demande de descendre. Une fois à l'arrêt désert, les contrôleurs se révèlent être faux : de simples voyous qui se mettent à gifler Grigor jusqu'à ce qu'il lâche son dollar, et au final ses démodées mais vraies Nike, puis disparaissent dans le bus suivant.

Vous êtes à présent seuls à l'arrêt du monument de l'Amitié bulgaro-soviétique, sans argent et sans Big Mac. Aucun des punks terrifiants n'a bougé depuis le début de l'incident. Le monde n'est qu'immense étonnement silencieux et la rumeur de l'orage qui vient d'éclater : des gouttes de pluie s'écrasent sur le bitume, sur les chaussettes trouées de Grigor et sur vos crêtes, qui finissent par déteindre dans l'eau et laisser un souvenir de peinture sur les visages. Vous allez vous abriter sous le monument de l'Amitié où chacun gère le choc en solitaire: Grigor s'allonge au-dessus d'un tank et feint de s'endormir, ses amis enroulent ce qui ressemble à du thé de Rila dans des mini-papiers froissés. Tu ne sais que faire face au désarroi de ton ami et à ses pieds nus, qui dépassent gauchement du canon du tank. Tu branches ton Walkman et tu inities un pogo contre un soldat soviétique qui a été récemment repeint en Superman. Plus cette activité te laisse de bleus sur le corps, plus tes idées s'éclaircissent et tu retrouves de la confiance car, justement, tu n'es plus une gamine.

Tu décides de partager ta mission secrète afin de remonter le moral du collectif et d'attirer des collaborateurs fidèles – tu as bien deviné le potentiel artistique qui se niche sous les crêtes fondues. L'annonce du futur projet grunge tire doucement Grigor de son flot de déception, il se meut, se détord comme un taureau survivant par miracle d'une corrida sanglante, se relève, à moitié d'abord, et, comme s'il n'avait rien entendu, se met à réajuster sa chaussette mouillée – son pouce s'est faufilé dans le trou de la chaussette et commence à l'agrandir. Les amis de Grigor sont très motivés par ton initiative et, pour montrer leurs talents évidents, se lancent dans un tapotement chaotique et sur le casque d'un soldat tagué en rose, ce qui fournit un rythme entraînant. Le taureau bondit brusquement du tank et envoie un meuglement qui respecte la mesure. Tu rejoins cette polyphonie acharnée, tu imposes ta voix dans une mélodie étonnante : c'est tout de même toi la leader-e du groupe. Quelques fausses notes plus tard vous êtes lancés dans l'invention spontanée d'une première œuvre musicale. Un hurlement collectif secoue le parc de la Liberté. Maintenant c'est officiel : tu es une vraie punk.

Iouri Gagarine is a fucking bastard

Heureusement Constantza n'a pas les mêmes handicaps que toi. Elle a pu t'envoyer une lettre de Grèce et même une photo où elle pose en tenue phosphorescente devant l'immense statue d'une guerrière. Quelques informations concernant la météo accompagnent l'image, suivies de ce qui ressemble à un poème écrit dans un alphabet déconcertant. Tu ne peux pas le déchiffrer car vos activités musicales avec Grigor vous ont distraits de ton projet d'apprendre le grec, alors tu ranges la lettre sans faire de commentaires dans le placard très facile d'accès, en fait, et pars à l'école. Sur le chemin tu croises ton voisin avec son chien blanc, taché de noir sur le museau et autour des yeux : ils se préparent à partir pour la Nouvelle-Calédonie, ce qui est une bonne nouvelle pour ton indestructible chanteur Joki qui ne les a jamais appréciés, et une mauvaise nouvelle pour toi qui te sens encore plus abandonnée par tous ces émigrants affolés. La vie est un trou noir, constates-tu une fois de plus, lorsque tes nouveaux amis terribles et vrais punks te détournent du bon, mais triste, chemin vers le collège. Tu les aperçois zoner à quelques mètres de l'allée des Cosmonautes, et contrairement à toi ils débordent de bonne humeur : ils ont tous les trois séché leurs cours avec succès. Cadeau, te dit Grigor en t'adressant un clin d'œil osé : il te tend une ordonnance de médecin, tampon et signature originale dessus, qui se vend très cher dans les couloirs de ton collège. Tu n'as qu'à remplir une maladie au choix et la période imaginée de sa guérison et tes absences seront justifiées, tu pourras atteindre le Graal, pousser la porte vers la liberté, oublier madame la directrice et sa vieille jupe couverte de diverses fleurs des champs délavées, ton gros con de cousin Andreï, les adolescents écervelés qui se déguisent en mutras, et disparaître dans un monde merveilleux. De toute façon ton professeur russe alcoolique fait mine d'avoir une cirrhose et la moitié des cours n'ont plus lieu, grèves, magouilles, crise économique et tu en passes : tout est réuni pour sécher les cours jusqu'à la fin des temps.

Dès lors, le quartier vous appartient. Vous passez la journée à glander, à dire des conneries, à en faire autant, à inventer des chansons transcendantes, à goûter pour la première fois ce qui ressemble à du jus fermenté de tomates vertes et à fumer des détritus en papier qui manquent de t'étrangler, à dérober chez l'épicier des petits glaçons de toutes les couleurs et d'une longueur démesurée, tout juste arrivés de Turquie grâce à la Transition démocratique, et à vous extasier lorsqu'ils fondent dans vos bouches, à observer longuement le majestueux faux sapin de Iouri Gagarine se balancer, tressaillir, vrombir très fort, et s'envoler enfin dans l'espace, avec vous quatre à bord. Et à rire, beaucoup.

Quelques orbites plus tard vous êtes épuisés et vous allez vous effondrer au pied de la fusée pour enfants derrière ton immeuble qui, elle, ne bougera jamais de là. Son métal rouillé déchire un peu le T-shirt de Grigor et il commence enfin à ressembler à ses amis. De loin. Il te tend la bouteille de jus fermenté, quasiment vide maintenant. Quand on boit à la même bouteille c'est comme si on s'embrassait avec la langue, te dit Grigor, en prenant furtivement ta main dans la sienne, puis il s'enfuit soudain dans un buisson. Tout le monde explose de rire sauf lui : honteux, il se met à taguer en silence, sur la fusée, sur son T-shirt et sur la porte de ton immeuble, des mots compromettants en langues étrangères. Après avoir appris l'orthographe incertaine des mots *chatte* et *bite* dans plus de dix autres langues, tu proposes de passer aux choses sérieuses : se concentrer sur votre mission musicale. Trouver un nom est une étape indispensable à la réalisation de ce projet que vous décidez de franchir à haute voix, afin de confronter vos idées respectives.

Iouri Gagarine is a fucking bastard, Iouri Gagarine is dead, Iouri Gagarine is not dead, Iouri Gagarine was the first, Iouri Gagarine wasn't the first, Iouri Gagarine has a big dick, Iouri Gagarine is me, Call me Iouri, Just call me Iouri, Never call me Iouri, Agent Iouri Gagarine, Just Iouri Gagarine, Just go fuck yourself Agent Iouri Gagarine, les propositions se multiplient au fur et à mesure que ton apprentissage de mots interdits s'approfondit. Ou juste *Iouri,* chuinte ta mère qui, effrayante, se tient derrière ton dos avec deux nouvelles briques de lait achetées au supermarché. Image choquante, d'autant qu'elle dure une éternité : ta mère prend le temps de dévisager tes amis un par un, de lire les poésies murales de Grigor et de lui souffler de la fumée dans la figure. Tu ne verras plus jamais tes camarades toxicomanes, te dit ta mère en écrasant son mégot et celui de Grigor, à cet instant pâle comme une vieille tache de yaourt qui se dessèche lentement au soleil hivernal, et tu retournes à l'école dès demain, te dit-elle en explosant aussi une brique de lait pour plus d'effet. Tu regardes la flaque blanche sur le bitume et tu finis par te couler au fond d'elle, tout ton monde fantastique avec.

Chez toi, tu reprends tes esprits, avec en tête l'idée obsessionnelle de trouver un moyen pour répondre à Constantza. Tu lui achètes une carte postale, tu choisis un beau paysage de la côte bulgare, un peu comme celui de votre première colonie de vacances à l'ancienne maison des Enfants de la Paix à Espoir : de majestueux rochers couleur brique surplombent des kilomètres de plages désertes, nimbées d'une forêt feuillue d'un côté, et de la paisible mer Noire de l'autre. Tu te rappelles le jour où vous étiez parties vous promener pendant des heures dans les champs alentour, sans même savoir si vous alliez retrouver le chemin du retour. À mi-parcours vous aviez grimpé sur un cerisier gigantesque pour manger puis écraser ses fruits dans vos mains et sur vos visages et imiter le faux sang, jusqu'à vous convertir définitivement en Dracula. Tu étais heureuse ce jour-là, tu étais loin de tes parents et libre de faire ce que tu voulais. Tu étais heureuse parce que vous étiez deux. Tu aimerais bien dire cela à Constantza, lui rappeler le cerisier et lui avouer enfin, dans l'espace blanc réservé au texte, qu'elle te manque, mais rien qu'à l'idée de te mettre à écrire ta main commence à s'alourdir. Tu envoies la carte vide en espérant qu'elle comprendra.

Une ballerine nue fait le grand écart

C'est la Transition démocratique, la censure n'existe plus, tout le monde est satisfait : la ville se remplit de sex-shops, de boîtes d'entraîneuses, de bars à strip-tease, de vidéoclubs au contenu douteux mais curieux, les papeteries sont tapissées d'images d'hommes et de femmes sans tenue, mais pas que. Maintenant que tu sais nommer leurs activités en plusieurs langues étrangères, tu comprends encore mieux le grand intérêt de la chose, ainsi que la fille de la directrice qui s'attarde comme par hasard devant le nouveau journal *Nique-Nique*, exposé en tête du kiosque, à côté du collège où tu es de nouveau obligée de te rendre. Tu la prends par le bras et tu essayes de l'éloigner de ce flot d'anatomies, mais son talon s'est enfoncé dans un trou entre deux carreaux en béton. Pendant qu'elle se débat avec les dégradations urbaines, tu entrevois, entre deux femmes nues, un numéro du *Journal libre* qui annonce en première page : quarante-cinq ans de communisme, ça suffit ! Le temps nous appartient ! En dessous de cette inscription est publiée la photo d'un bâtiment et d'une foule qui l'enveloppe comme une membrane, ou comme le papier d'un caramel. La photo est captivante, elle retient ton regard quand bien même il essaye de revenir sur les femmes et les hommes à côté, qui se tordent dans des positions vraiment étonnantes, en fait. Il est temps que les citoyens agissent, qu'ils montrent leur fureur publiquement, dans les rues, qu'ils s'organisent en mouvement protestataire contre le gouvernement, lis-tu en bas de deux seins qui te paraissent d'une taille au-dessus du nécessaire, gouvernement toujours communiste et clairement corrompu, lis-tu à côté d'une ballerine nue qui maîtrise parfaitement le grand écart, et qui mène le pays vers une profonde crise politique, ça suffit, lis-tu sous la ballerine qui fait de superbes pirouettes, d'être manipulé par les mêmes criminels qu'avant 89, devenus aujourd'hui banquiers et mafieux à la fois, explique la jeune leader-e des militants qui occupent l'université de Sofia, et ton regard se heurte à un médecin qui traite sa patiente, avec ardeur. Tu te disperses dans ces allers-retours, tu ne pourras rien lire ainsi, il te faut acheter les deux journaux et prendre connaissance de tout cela chez toi, et sans être dérangée, mais ça suffit, te dit madame la directrice à la jupe immense qui bondit derrière ton dos. Son visage rouge et transpirant dénote qu'elle ne vient pas d'arriver et qu'elle vous a bien vues regarder les photos. Ou alors c'est ce qu'elle faisait aussi ? D'un mouvement brutal elle referme le journal avec les images anatomiques et vous ordonne d'aller en cours. Décidément la dictature est encore présente et tu te résous à te renseigner davantage sur les problématiques qui agitent tes compatriotes.

Ghost world

Ton grand-père vrai communiste commence régulièrement à oublier le nom des gens. Il appelle ta grand-
mère croyante avec le prénom de sa première femme
et ton père resté au chômage avec celui de Lénine. Tu
cherches à te rassurer : avec tous ces noms qui changent
sans cesse, il y a de quoi être confus. Toi-même tu es
perdue dans ce monde où le Coop-Cola est devenu du
Coca-Cola et le yaourt bulgare Danone. Tu as notamment
du mal à reconnaître ta rue qui ne porte plus le nom de
chemin des Églantines et où l'épicerie Soleil en bas de
chez toi est devenue une boutique de GSM, puis une
banque grecque, puis une banque américaine, puis une
banque russe, puis une pharmacie, puis une boutique de
robes de mariées, puis une boutique de matelas, enfin un
club de cassettes piratées et sex-shop au fond à droite.
Tu comprends que ça soit déstabilisant pour ton grand-
père communiste brave qui depuis la fin du fascisme
avait vécu dans un environnement plus stable que cela.
Tu décides de ne pas t'inquiéter, pour le moment, la vie
est déjà assez déroutante comme ça.

Tu allumes la télévision pour te changer les idées, et tu découvres qu'on a déprogrammé MTV, MCM, VH1 ainsi que toute chaîne occidentale qui pourrait détenir le fantôme de Kurt – et tu es fascinée par les nouvelles compétences technologiques de ton entourage. À la place, tu dois regarder BTV Pink, la seule autre chaîne musicale, que ton grand cousin politicien Andreï et la fille de la dame à la jupe immense ne cessent de promouvoir tous les jours au collège. Le répertoire est composé de chanteurs bulgares ou serbes et un seul style est diffusé : la tchalga. Des femmes aux fausses lèvres, un peu plus habillées que d'habitude, et de vrais mutras se trémoussent avec sensualité à l'écran, sur fond d'effets spéciaux périmés et de décors luxueux. Au début et à la fin de chaque clip une inscription dorée vient annoncer les chanteurs : Toshko Todorov, Slavi Trifonov, Gloria, et tu en passes. Comme le nom de la chaîne l'indique, tout est rose et fortement brillant dans l'ensemble. « Si je t'attrape, je t'éclate le jean », « Une Mercedes blanche me poursuit dans la vie », « On va être bourrés et vous déglinguer », et d'autres propositions sont au programme. Le mélange de musique orientale et de disco est aussi agréable à tes oreilles que la tronçonneuse du chef du commissariat dans l'entrée de l'immeuble, ou que les aboiements de ton indestructible chanteur Joki de race occidentale quand il a vu un hélicoptère pour la première fois, alors tu éteins vite. Pourtant la dernière chanson continue de retentir et, sidérée par le caractère têtu de ta télévision, tu rappuies sur le bouton *off*, et pour plus de sûreté, tu débranches le câble de la prise, tu enlèves les piles de la télécommande et tu caches le plomb correspondant sur le panneau électrique. Mais plus rien n'arrête Gloria et ses hommes. Pendant un court moment tu présumes ta maison possédée par les fantômes de la tchalga, puis surgit une explication plus rationnelle : la fenêtre est ouverte et la musique vient vraisemblablement du dehors. Cet accident t'amène à dresser un constat épouvantable : la tchalga est partout. Elle est dans la radio du voisin, qui l'accompagne de sa voix pour plus d'ampleur, dans l'épicerie Soleil en bas de chez toi – actuellement magasin de cassettes piratées et sex-shop au fond à droite – et dans la Première Banque privée qu'est devenue ton entrée d'immeuble, et plus tard dans la salle des professeurs, dans les bus publics et sur les terrasses des cafés.

Tu fermes la fenêtre et la voix du voisin s'évanouit, mais pas celle de Gloria. Alors tu te fourres dans le lit entre deux coussins où tes angoisses s'amplifient et tu plonges progressivement dans un état de transe. Après une première phase où tu te transformes en ninja, en Dracula, en Mercedes blanche et enfin en sorcière, tu finis par entrer en contact avec tous les bons fantômes qui pourraient affronter les méchants. Celui de Kurt s'incarne aussitôt dans tes cordes vocales, et celui de Iouri te propulse très fort et plusieurs fois sur le mur qui sépare ta chambre et le bureau de ton père resté au chômage, actuellement sorti se promener avec ton indestructible chien, dont tu oublies le nom tellement tu es possédée.

Enfin, après la récitation de la formule d'une célèbre voyante grecque, tu convoques Constantza : *Tzatziki tsouréki tarama tarama* sont les mots prodigieux dont tu as oublié la traduction, mais te rappelles toujours comment les prononcer. Ça marche : Constantza s'incarne dans les rideaux, mais comme elle n'est pas encore morte, l'apparition ne dure que quelques secondes. Tu profites de ce temps pour secouer très fortement les rideaux, les serrer dans tes bras et leur faire comprendre qu'il est temps de revenir car ils te manquent vraiment beaucoup, que tu les aimes et que sans eux tu es perdue à jamais. L'image de Constantza commence à se dissoudre dans les fibres du tissu. Tu essayes de retrouver la formule, mais dans la panique générale seul le mot *tzatziki* te revient. Constantza s'efface définitivement. Tu répètes le mot en boucle mais c'est trop tard : les seuls traits humains à portée de vue sont désormais ceux de ton père resté au chômage et à présent rentré de promenade – il te regarde sans bien saisir pourquoi tu t'adresses en grec au mobilier, et il ressort sans même daigner t'engueuler.

Dis-moi, petit nuage blanc

Maintenant c'est officiel : les Bulgares sont parmi les peuples les plus malheureux dans le monde, selon les statistiques du *Journal libre*, et tout le monde émigre. Tu choisis au contraire de rester, de t'ancrer dans les profondeurs régionales, en dépit de tout fantasme voyageur et enthousiasme prompt, chimère absurde, rêve américain, ou français, ou espagnol, ou sri-lankais, ou argentin, ou japonais, ou australien : rien ne te ferait changer d'avis, et tu te moques de l'ouverture récente des frontières, de l'annulation des visas, des possibilités inouïes de réalisation et de vie meilleure, confortable et occidentale que ta mère ne cesse de promouvoir auprès de toi jour après jour. Elle rabâche que son pays n'existera plus dans quelques années et qu'on va tous mourir misérables. Tu soupçonnes que, dans ce ressassement, elle prend une forme de plaisir, que la répétition est pour elle la manière d'accepter les changements défavorables, les départs, sa solitude.

D'autres se mettent à tenir des discours similaires. Même ta professeure de français, que tu aimes plus que tout au monde, ton dernier espoir dans l'Éducation nationale, grande spécialiste et traductrice de Molière et tu en passes, t'appelle un jour du fond de la salle et, en chuchotant, te fait savoir qu'ici, dans ce pays foutu, ce sera bientôt l'apocalypse totale, et qu'il faut vite partir, te dit ta professeure de français, en France, par exemple. Pour cela il serait préférable de prendre des cours privés chez elle, pas trop chers, dix dollars l'heure mais on peut s'arranger, dit ta professeure, et elle t'adresse un clin d'œil suspect. Tu es perplexe : l'idée qu'elle te laisserait t'introduire dans son appartement confirme sa confiance en toi, et en même temps tu es blessée qu'elle veuille t'éloigner d'elle à jamais. C'est là que tu repenses à Sylvie Vartan. Tu te souviens comme elle avait l'air triste et brisée en revenant de la France et à quel point son pays lui avait manqué. Ta grand-mère croyante avait pleuré, du coup tu avais pleuré aussi, lorsqu'elle, Sylvie, chantait la chanson du petit nuage blanc. Dis-moi, petit nuage blanc, chantait-elle, n'aurais-tu pas vu ma mère lorsque tu passais au-dessus de ma maison d'enfance, au-dessus de mon pays natal, disait Sylvie, n'aurais-tu pas entendu ma mère parler, disait Sylvie en pleurant et en chantant, et ses larmes contenaient toute la tristesse de l'émigrée, disait ta grand-mère. Tu ne veux pas subir cela en France. Tu ne veux pas être comme Sylvie Vartan. Tu resteras ici, avec ta professeure de français, avec Grigor et ses amis, et avec ton indestructible chanteur Joki qui n'est pas du tout bâtard en vrai, mais de race occidentale et donc inconnue, et aussi avec ta mère que tu dois désormais protéger des mutras-policiers, en attendant le retour des émigrés. Le paysage apocalyptique colle de mieux en mieux avec ton état d'esprit, que tu te félicites d'avoir transmis à ta mère : elle vient de lancer une émission à la radio Nouveaux Horizons, intitulée *Je m'en fous complet, et bonne chance pour la suite.* En fait, ça te plairait de faire un tour en Grèce et d'en profiter pour ramener Constantza, mais tu sais bien que ce n'est pas en faisant de la radio indépendante que ta mère pourra financer le moindre voyage.

Le guide est tombé

Ils nous torturent, crie ton grand-père communiste émérite qu'on a temporairement placé en hôpital, après qu'il a fait une crise de diabète ou de parkinson – ton père resté au chômage préférait ne pas s'attarder sur la question. Un autre homme sur le lit voisin, presque transparent de maigreur, est en train de gémir dans une agonie terrifiante. Tu essayes de calmer ton grand-père confus, de prendre ses mains qui tremblent comme un pingouin, ou comme une drille, ou comme la fin, mais il n'a pas envie que tu le touches et encore moins que tu le regardes : il bave, il halète, il sue, il ne sait pas où sont ses dents, alors que c'est un héros, un vrai communiste et un résistant de la guerre. Tu persistes à le retenir dans tes bras, à l'assurer que personne ici ne lui veut du mal, qu'il va s'en sortir. Qu'il est plus fort que cela. Je sais ce qu'ils vont me faire, te dit-il en chuchotant lorsque tu t'approches pour l'embrasser, tout au long de la journée, ils nous frappent, ils demandent des renseignements, ils ont découvert notre cachette dans les bois, je ne vais rien dire, rien, te dit ton grand-père hallucinant, au moment où la personne à côté se met à hurler au secours, au secours, au secours. Il faut que tu m'aides, te dit ton grand-père en tirant ton col avec une force disproportionnée que tu ne lui soupçonnais pas, il faut que tu t'échappes, que tu dépasses la barrière, sans être vue, et que tu trouves les autres, il faut que tu leur dises que le guide est tombé, il faut qu'ils changent de route, ne pas rester dans la grotte, je répète, il faut avancer, avancer. La porte s'ouvre, une infirmière se propulse dans la direction de l'homme transparent à côté en train d'escalader le poêle à charbon, et de casser au passage l'appareillage, pour enfin arracher les barreaux de l'hôpital et s'envoler. C'est ta seule chance, te dit ton grand-père communiste affolé, c'est maintenant, cours, dit-il en te poussant vers la porte et en s'enfermant à l'intérieur avec son collaborateur et avec l'infirmière qui émet un cri monstrueux. Tu restes devant la porte sans respirer, et paniquée, tu regardes alentour : d'autres personnes, inquiètes, pâles, possédées, sortent des chambres et viennent vers toi, furtivement, elles t'entourent, te reniflent, certaines n'ont pas de vêtements. Des cris et des gémissements te reviennent de nouveau. Une autre infirmière fonce vers vous en proférant des injures et des ordres de manière professionnelle. Les ombres, dociles, se décollent de toi et se dispersent vaguement. Soudain très aimable, l'infirmière te dit de ne pas te tracasser, que tout cela est absolument normal, que c'est l'effet secondaire des nouveaux médicaments qui nous parviennent directement de l'Amérique, médicaments très très puissants, te dit l'infirmière qui, sans perdre le sourire, écarte avec son bras droit une ombre qui tente de lui arracher la blouse. Dans un jour ou deux votre grand-père sera en pleine forme et plus du tout perturbé, et il pourra rentrer, t'assure l'infirmière souriante en s'emparant du couteau qu'un spectre brandit au-dessus d'elle, avant de t'indiquer la sortie.

Une fois en bas, la voix de ton grand-père, temporairement possédé par les esprits invincibles de la médecine américaine, continue d'avertir les populations que les fascistes sont arrivés.

Vous avez le droit au bonheur

Tu ne dors plus. Des revenants hideux de tout âge et de tout genre viennent squatter tes nuits alors que tu n'as rien demandé à personne. Ils sont cyniques, ils cachent leurs visages, ils se moquent de ton repos, tu ne sais comment chasser leurs ricanements. Dès l'aube, tu t'agrippes à ta composition, décidée à écraser les monstres, à les hacher en miettes et à les recycler en ouvrages musicaux. Tu hésites à citer dans votre premier tube (*Apocalypse Mada faka*, titre de travail) directement quelques pages du *Journal libre* qui annonce les cataclysmes du jour et à les mixer avec les horreurs nocturnes. Grigor t'a prêté sa guitare dont tu ne sais pas jouer et cela apporte une sonorité très cohérente avec le texte imaginé. Tes premiers essais sont immédiatement remarqués par ta mère qui se lamente depuis la cuisine et t'envoie une nébulosité de fumée. Tu lui réponds par un choix d'accords encore plus judicieux. Une sonnerie interrompt brusquement vos échanges familiaux. Tu t'apprêtes à la collision avec la voisine du quatrième qui n'apprécie pas non plus tes répétitions. Mais en ouvrant la porte tu découvres un homme, beau, souriant et vêtu d'un costume de marque, qui te salue comme s'il te connaissait : et en effet, c'est ton grand cousin Andreï que tu mets du temps à reconnaître sans ses muscles, sa grosse chaîne en or et son regard meurtrier. Après plusieurs formules d'ordre général qui te paraissent d'une politesse au-dessus du nécessaire, ton grand cousin Andreï te tend une brochure sur laquelle il est marqué :

МДН
Mouvement démocratique *Espoir*.

Vous avez le droit au bonheur, s'exclame ton grand cousin Andreï qui n'est plus mafieux, et son costume de marque craque un peu sous le coup de l'émotion. Tu comprends que de toute évidence il s'est recyclé en politicien, grâce aux diplômes fournis par madame la directrice à la jupe immense, ce qui est bien plus avantageux, vu la situation actuelle et le nouveau changement de valeurs. Tu te demandes si cette intervention pourrait aussi trouver sa place dans ton nouvel album de punk mais le regard devenu soudainement glacial de ton cousin te fait saisir qu'il n'est pas là pour rigoler. Il tend une liste de dons pour le parti à ta mère qu'elle signe, la main tremblante, sans même regarder le montant indiqué.

Abattue, pâle, frémissante, vaincue, tu fermes la porte après le départ de ton grand cousin politicien arnaqueur

Andreï, à qui tu regrettes maintenant d'avoir ouvert. Ta mère s'est encore fait intimider et cette fois une montée de honte t'envahit, qui devient colère et se déchaîne inéluctablement en toi. Tu t'enfermes dans ta chambre en claquant la porte avec détermination. Ta mère se remet à geindre depuis la cuisine et tu déclenches le dictaphone, ramassé sur le bureau de ton père resté au chômage, pour enregistrer cette symphonie de rage, en y mettant en plus du tien. Tu attrapes la guitare de Grigor et reprends le morceau de tout à l'heure, mais dans un rythme nouveau et effrayant, que ton indestructible chanteur Joki accompagne d'un hurlement généreux. Après plusieurs sauts, cris, chutes, grattages accélérés des cordes, supplications et détonnages, un chef-d'œuvre est né : *Rage(s)*, votre premier tube. C'est là que ta mère met brusquement fin à tes aspirations mélomanes, et cette fois pour de vrai :

a) elle arrache les cordes de ta guitare avec dans le regard cette lueur délétère plantée là depuis des siècles, au moins, et les réforme en boucles d'oreilles puis en fil dentaire, enfin en fusée spatiale qu'elle propulse directement par la fenêtre ouverte,

b) elle prépare un grand feu sur le balcon avec la partie en bois de la guitare dont la fumée étouffe ton indestructible chanteur Joki, immédiatement secoué par une toux terrifiante,

c) elle détruit toutes tes cassettes à l'aide d'un marteau-piqueur, les réduisant en une poudre qu'elle éparpille en soufflant,

d) elle se met à tordre, à froisser, à piétiner et enfin à déchirer en petites ficelles tous tes T-shirts de Nirvana, les tressant en longue corde, dont tu espères que la fonction sera purement décorative,

e) elle jette le tout par la fenêtre, en te dévisageant avec fureur.

Les outils de ta mission créative s'évanouissent dans le paysage grisâtre de la rue, et tu as envie de t'envoler et de ramasser en un geste agile ce qu'il en reste, tu as envie de tout recommencer et en mieux, tu as envie de réparer les pertes, mais il est trop tard et ça suffit, te dit ta mère bouillonnante.

Le 10 janvier

Maintenant c'est officiel : tu as quatorze ans et le gâteau d'anniversaire dégoulinant de beurre sous ton nez vient appuyer ce fait, dans toute sa fatalité. Grigor est chez toi, il te marche sur les pieds, il te regarde longuement sans savoir que dire, il se gratte l'oreille gauche, puis le bouton sur la joue, enfin le tendon d'Achille, il cherche à comprendre ta mauvaise humeur. Il t'offre un cadeau : un T-shirt noir troué, quatre fois ta taille, comme tu aimes les porter. Tu n'as aucune intention de faire la fête, tu es très bien dans ta grotte où tu te niches depuis des semaines et t'adonnes à des bilans catastrophiques : toutes tes missions ont échoué. La nouvelle lettre parvenue de Grèce ne te console pas davantage, malgré la jolie image d'un chien souriant et bien plus banal que ton indestructible chanteur Joki, et l'inscription incompréhensible *yamas malákas* au-dessus de ses oreilles. Constantza se vante pendant des pages entières de ses aventures, des concerts où elle est allée, des nouveaux autographes de comédiens qu'elle a récoltés, des cassettes non piratées de Nirvana en plusieurs versions qu'on lui a offertes, des tenues inouïes, copiées des meilleurs designers occidentaux, et tu en passes. Une goutte finit par tomber de ton nez, et Grigor l'attrape dans un mouchoir qu'il avait préparé au cas où. La Grèce est le pays des merveilles et Constantza n'a aucune raison de rentrer. Une seule bonne nouvelle dans ta liste : ton grand-père communiste émérite est sorti de l'hôpital et s'est rappelé le prénom de tout le monde et même ta fête d'anniversaire, grâce au progrès capitaliste et à la démocratie explosée. Cette pensée te redonne de la motivation et tu décides que tu pourrais, temporairement, sortir de la grotte : tu proposes à Grigor une promenade dans les bois.

Vous entreprenez une longue marche, à vos risques et périls – vous échappez à un tramway enragé qui vous fonce dessus, vous disparaissez dans l'interminable tunnel où vous manquez de perdre l'ouïe, vous passez devant la maison du Jeune Révolutionnaire et la maison en ruine des voisins déportés que cette fois tu regardes avec tristesse. Le parc vous abrite. Pour la première fois vous dépassez les hameaux de Baba Yaga et le monument de l'Amitié bulgaro-soviétique entièrement couvert de graffitis vert fluo. Vous ne savez plus vous arrêter. Quelques crampes plus tard, tu es loin de ton quartier, au centre-ville, te confirme Grigor en nettoyant ses nouvelles Dr. Martens achetées aux puces d'une tache de boue. Vous traversez une immense chaussée aux pavés jaunes et il devient de plus en plus évident que quelque chose d'important se passe tout près : des voix résonnent dans un rythme envoûtant et t'attirent vers elles. Quelques rues encore et tu aperçois une foule qui remue imperceptiblement autour d'un bâtiment. Au-dessus il est inscrit en grandes lettres dorées L'UNION FAIT LA FORCE et tu te rappelles que tu l'as déjà vu sur la photo dans *Le Journal libre* : l'Assemblée nationale, précise un reporter à sa caméra. Des Lada et des Moskvitch bloquent ses sorties, des militants aux pancartes et aux T-shirts « Démissions » poussent les barrières, la police résiste mal, tout semble éclater comme si l'immense volcan Vitosha qui dort au-dessus de la ville depuis quelques siècles, au moins, était en train de se réveiller. Un pavé jaune fait irruption et atterrit dans la vitre en face. Quelques hommes habillés en costards de marque, pris de panique, se propulsent en dehors et rejoignent un bus que la police essaye de protéger. Tu réalises que tu n'as plus revu ton grand cousin voyou mutra gros con politicien moustachu Andreï : est-il parmi les hommes qui fuient ? Mafieux, laissez-nous vivre dignement ! Les mots scandés en chœur te secouent, tu ouvres les yeux, tu inspires, tu scrutes les lumières au-dessus de la foule, ses gestes, les visages, et tu t'aperçois que tu ne retrouves plus celui de Grigor. Maintenant la foule n'est qu'une seule voix qui fait trembler la terre sous tes pieds. Un souffle profond te traverse et tu te laisses porter par cette masse qui se meut comme un dragon, plus du tout rouge, et qui te soulève doucement : tu y es, ton Vostok a atterri dans un nouveau monde, beau et indigné. Un monde en lutte.

Mais cette aspiration magique se brise brutalement

car tu le vois, du haut de ta cabine spatiale, ton grand cousin Andreï est là, sans ses muscles et sans son costard de marque, en train de jeter des pavés et des cocktails Molotov lui aussi, tout en donnant une interview pour la télévision nationale et la Radio Free Europe. Nous, le Mouvement démocratique *Espoir*, ne pardonnerons pas à cette petite famille politique, communiste, mafieuse et corrompue, dit ton grand cousin Andreï beau parleur, en brisant les vitres de quelques Lada au détour d'une phrase, avant d'affronter un bataillon de forces anti-émeutes. Le changement est possible, s'extasie-t-il, et son costume de militant craque sous le coup de l'émotion, ce qui impressionne encore plus la reporter de la télévision qui est toute rouge maintenant. Tu es foudroyée, tu as envie de te transformer en Mercedes blanche, de te jeter sur eux et de réduire au silence en un mouvement agile ton grand manipulateur de cousin, mais c'est trop tard : il a réussi sa publicité et les journalistes sont repartis. Cela ne sert plus à rien. Un nuage de gaz lacrymogène étouffe ton indignation et te fait redescendre d'un coup sur terre.

Si dans la forêt tu perds ton chemin

Jour après jour, tes troupes s'éparpillent : Grigor est tombé malade à force de faire le militant dans le froid, et ses amis passent leur temps à lui chanter des chansons à la maison et à lui préparer du thé de Rila, très bon pour le moral. La Première Banque privée s'est effondrée et avec elle les dernières économies de ta famille qui avait innocemment cru dans l'affaire, prenant pour un signe le hasard de la géographie. Ton père resté au chômage et ton indestructible chanteur Joki de race occidentale sont partis au village pour récolter des fruits pourris et égorger ce qui reste de poules et de dindes afin de maintenir la famille en vie. Même Constantza ne t'écrit plus pour se vanter de ses aventures et te composer des poèmes en grec que tu ne pourrais pas comprendre. Seule ta mère reste à l'appartement, mais elle est trop occupée à arrêter les cigarettes, devenues trop chères : elle passe son temps à se coller des patchs divers sur les épaules, et n'a pas la tête à t'engueuler. Même seul, le soldat reste soldat, t'a beaucoup dit ton grand-père communiste vrai qui sait bien de quoi il parle : tous ses amis résistants sont morts, pris par les fascistes, ou par la vieillesse.

Tu en profites pour errer pendant des semaines au milieu des barricades : il fait moins froid parmi tous ces gens optimistes et solidaires envers et contre tout. Au coin d'une rue, on te donne de la tisane et de la banitza chaude, alors que tu n'as rien demandé à personne, et on te sourit chaleureusement sans même te demander de payer. Tu n'as plus de voix pour remercier de cette gentillesse, alors tu dévores ta banitza dans un étonnement silencieux. Le dernier gouvernement communiste est en train de tomber, s'emballe un reporter, du haut d'une poubelle qu'il a escaladée pour adopter une posture révolutionnaire. De ton côté tu es moins enthousiaste que lui, tu sais que parmi les militants, il y en a aussi de faux, c'est comme avec les communistes, les baskets Nike, les sapins et les cassettes de Nirvana : en fait rien n'est vraiment vrai. Même le volcan Vitosha n'en est pas vraiment un, ce serait un conte urbain, un mythe de Sofiotes, le énième mensonge, est-il écrit dans *Le Journal libre* que tu aimes de moins en moins lire : les falaises qui le structurent ne sont que des vestiges de volcans antiques. Tu es complètement paumée. Si dans la forêt tu perds ton chemin, il faut marcher tout droit, t'a toujours dit ton grand-père communiste émérite et guéri. Mais tu es comme un crabe, tu effectues des pas désordonnés, tes pieds s'enfoncent dans la neige, dans la boue, tu amasses la saleté des rues et tu ne sais qu'en faire. L'important c'est de bouger. Alors tu navigues bravement entre les banitzas et les reporters et tu produis des manifestations spectaculaires, que hélas personne n'est là pour apprécier : faire la roue, marcher sur la barrière de sécurité, taguer ton nom sur les lignes blanches de la chaussée, à moitié effacées par le temps, achever la porte déjà amochée de Baba Yaga, ta seule voisine éternelle. Au coin d'une autre rue, tu remarques un vieux militant barbu en train de balancer des pots de tomates et des briques de lait sur la partie du parlement non atteinte par l'incendie. Le mur est devenu rose, et par endroits, écarlate, et tu es immédiatement plongée dans l'image de ton après-midi avec Constantza au bord de la mer, quelques années plus tôt. Le barbu interrompt ta méditation pour te proposer de le rejoindre dans la lutte, même si elle n'est que métaphorique : tout est bon pour exprimer sa colère contre la nomenklatura communiste qui se niche encore dans les couloirs du bâtiment, te dit-il, et il te tend un pot de yaourt pourri. Dubitative, tu regardes le yaourt dans ta main et son odeur intense te convainc qu'il faut agir : tu l'envoies vite sur le mur, en apportant ta part à l'œuvre subversive. Cette déflagration de bactéries laiteuses sur la peinture écorchée te procure une satisfaction inouïe, tu es exaltée comme le coucou d'une horloge murale ou comme le militant barbu à tes côtés : il te proclame officiellement la première femme de ce qui s'appelle désormais « La révolution du yaourt pourri ». Cela laisse une odeur de ferment sur ta tenue mais te remplit d'un suprême sentiment d'utilité. En ce moment tout prend sens pour toi : tu deviendras une militante, une vraie, contrairement à ton grand manipulateur de cousin ou au volcan Vitosha, tu sauras entrer en éruption et lutter pour la justice. Tu n'es pas sûre de comment t'y prendre, alors tu continues tes croisades citadines, en espérant rencontrer des nouveaux collaborateurs. Par conséquent, tu maîtrises de mieux en mieux la géographie et tu réalises que ta ville est toute petite.

L'image qui dure quelques siècles

En revanche, ton grand-père vrai communiste émérite ne sait plus discerner sa route. Un soir tu le trouves auréolé par la lumière pourpre du sex-shop en bas de chez toi : il piétine et frémit dans la neige, tel un loup blessé qui ne sait plus reconnaître sa cachette. Tu t'approches. La Première Banque privée tombée en faillite est couverte à présent d'un immense tag, que les doigts affolés de ton grand-père vrai communiste émérite touchent longuement, comme pour mieux l'assimiler :

« Ordures de communistes »

Dans ses yeux humides, immenses, remuants, transparaît une nébuleuse. Tu tires la manche de sa veste qui date de son seul voyage en RDA, en 1971, et il sursaute apeuré dans la boue et manque de glisser. Iouri, s'exclame d'un coup ton grand-père ébahi, te voilà, te voilà Iouri ! hurle-t-il en riant et tu ne sais s'il s'agit d'une blague ou d'un nouveau dysfonctionnement psychique. La voisine du quatrième est sur le balcon et vous surveille avec beaucoup de professionnalisme, grâce à son stage de quarante-cinq ans sous la dictature. Tu ne veux surtout pas être accusée de communisme, et dans la panique montante, tu tournes les talons et tu abandonnes ton grand-père communiste émérite aussi vite que l'effondrement des économies de ta mère il y a un an. Quelques secondes après tu es sur ton balcon au cinquième étage et tu vois que ton grand-père communiste paumé est toujours devant le sex-shop, la neige tombant sur ses deux cheveux blancs, seul son regard s'agite, en vain, à la recherche de Iouri Gagarine. Ce n'était donc pas que la faute des médicaments américains. Un énorme orage éclate en toi. Tu as envie de retourner vers ton grand-père désorienté, de t'excuser d'avoir fui, de le protéger du froid, d'essuyer sa bave, de lui rappeler ton nom, la mort de Iouri Gagarine et la chute du communisme mais c'est trop tard : il est déjà trempé et cela ne changera rien. Il finit de toute façon par se ranimer et par reprendre la direction de son domicile. Tu le regardes s'éloigner avec ses pas incertains, toujours sans remarquer la neige, et tu as l'impression que cette image dure une éternité. Tu ne peux plus rien faire. La réalité vient frapper tes sens : le temps a neutralisé le rêve de ton grand-père communiste, il l'a rendu ridicule, honteux, inepte, et tu n'es pas capable de l'aider. Il n'est à présent qu'une petite tache grise qui disparaît dans la brume hivernale. Tu aperçois derrière lui la forêt de sapins : une main rouillée, qui tient une faucille et un marteau, dépasse gauchement des arbres et indique l'emplacement du monument de l'Amitié bulgaro-soviétique, entièrement tagué en bleu depuis deux jours. Ton regard descend vers la grande chaussée vide. Tu entrevois au loin les feux de camp, en provenance des barricades, qui éclosent dans le crépuscule. Au dernier plan, Vitosha s'imprime dans le ciel. Entre deux étoiles, surgit un avion, ou une soucoupe volante qui secoue le paysage et découpe lentement l'oreille de la Grande Ourse. Sa lumière clignote comme une bombe à retardement, ou comme un néon, ou comme une robe brillante de toutes les couleurs, puis disparaît, quelque part, dans des univers merveilleux, en Amérique, mais plus probablement en Grèce : tu es sûre de voir au fond du paysage nocturne les lumières éblouissantes de l'Acropole. Quelques volcans à traverser et tu pourras l'atteindre. Cela te paraît soudain très simple : tu iras en Grèce, tu rejoindras Constantza, et ensemble vous fonderez votre groupe de punk militant dans lequel elle pourra composer des textes en grec autant qu'elle le souhaite ; puis vous reviendrez en Bulgarie et vous deviendrez des cosmonautes comme prévu. Chaque chose en son temps. Mais tu es de moins en moins pressée. Tu essuies une larme qui tentait de s'échapper et tu revois mieux la mosaïque générale. Tu feins de ne pas le remarquer, mais ça t'aveugle comme les lumières de l'Acropole : quelque chose de primordial, de foisonnant et d'assez irréversible est en train d'arriver. Tu as grandi.

à mon grand-père vrai communiste
à tous les dissidents

Je tiens à remercier pour leurs vives lectures nourries et acharnées les étudiants et les professeurs du Master de Création littéraire à Paris VIII - Vincennes - Saint-Denis, et plus particulièrement Olivia Rosenthal et Maylis de Kerangal.

Mes remerciements tout aussi chaleureux vont à mes cher.e.s Svetla Kamenova et Emil Tzenkov. Et à David Bernagout, Mona Claro et Claro, Carole Grand, Agathe Lederer, Eugénie Michel-Villette, Bérangère Sevinelle, Bojina Panayotova, Antoine Raimbault.

TABLE

PREMIÈRE PARTIE

179

DEUXIÈME PARTIE

Composition : Entrelignes (64)
Achevé d'imprimer par
la Nouvelle Imprimerie Laballery
à Clamecy, le 23 mai 2016
Dépôt légal : mai 2016
Numéro d'imprimeur : 605225

ISBN 978-2-07-018709-6 / Imprimé en France

302325